1그램의 재

1그램의 재

© 강이나

1판 1쇄 발행　｜　2025년 12월 30일

지은이　｜　강이나
펴낸이　｜　정홍수
편집　｜　김현숙 이명주
펴낸곳　｜　(주)도서출판 강
출판등록　｜　2000년 8월 9일(제2000-185호)

주소　｜　서울시 마포구 동교로17안길 21 (우 04002)
전화　｜　02-325-9566
팩시밀리　｜　02-325-8486
전자우편　｜　gangpub@hanmail.net

값 15,000원
ISBN 978-89-8218-378-2　　03810

* 본 사업은 2025년 부산광역시, 부산문화재단 〈부산문화예술지원사업〉으로 지원을 받았습니다.

1그램의 재

강이나 소설집

강이나 소설집

차 례

1그램의 재

대문을 열고 나갔을 때 트럭 옆에 여자가 서 있었다. 운동을 하러 가는 것인가. 여자는 편안해 보이는 트레이닝복 차림이었다. 일층에 세 들어 사는 것은 알고 있었지만 눈인사 한 번 나눈 적 없는 사이였기 때문에 모른 척 지나쳐 운전석 쪽으로 걸어갔다. 차 문을 열고 막 한 발을 올렸을 때였다. 뒤에서 셔츠를 잡아당기며 저기요, 했다.

―소각해주세요.

여자는 작지만 단호하게 말하며 내 눈앞에 뭔가를 불쑥 내밀었다. 새장이었다.

―동물들 처리할 때 함께 처리해주세요.

여자가 손가락으로 트럭 뒤쪽을 가리켰다. 트럭 뒷문을 열면 사체 수거함이 만들어져 있지만 겉으로 보기엔 눈여겨볼 것 없는 평범한 탑차였다. 이 동네에서 내 차가 사체 수거용 차라는 것을 아는 사람은 많지 않을 것이다. 사람들은 내 직업에 대해 호의적이지 않았다. 특히 여자들이 그랬다. 길을 가다가 죽은 고양이를 보면 꺄악, 소리를 지르며 누구든 얼른 치워주기를 바라지만 막상 그 죽은 동물을 수거하는 일을 업으로 하고 있다고 하면 죽은 고양이를 봤을 때보다 더 놀란 표정을 지었다. 언젠가부터 여자들 앞에서 내 직업을 숨기기 시작했다. 여자는 내 차가 사체 수거용 차라는 것을 어떻게 알았을까.

나는 여자가 무슨 말을 하는 것인지 모르겠다는 표정을 지으며 고개를 갸웃거렸다. 내가 아무 말도 하지 않고 딴청을 피우자 여자는 겨우 귤 하나만 한 몸집이라고, 다른 동물들 처리할 때 슬쩍 끼워 넣기만 하면 되는 일이라고 했다. 나는 그녀가 들고 있는 새장을 내려다보며 멀쩡히 살아 있는 놈을, 이라고 말했다. 그러고는 돌아서서 운전석으로 뛰어올랐다. 여자가 다시 잡아당기지 못하도록 서둘러 차 문을 닫고 시동을 걸었다. 여자가 차창을 두드리며 저기요, 불렀지만 나는 그대로 차를 출발시켰다. 골목을 빠져나가면서 사이드미러를 보았다. 여자는 새장을 든 채 그대로 서 있었다.

다음 날 여자는 어제와 똑같은 차림을 하고 트럭 옆에 서서 나를 기다리고 있었다. 정말 뭐 하자는 거야. 나는 작은 소리로 중얼거리며 어제처럼 그녀를 못 본 척 지나쳐 차 문을 열었다. 내가 운전석에 막 한 발을 올리려던 순간, 그녀가 재빨리 내 앞에 새장을 들이밀었다. 여자의 말처럼 새는 귤 하나 정도의 작은 몸집이었고 얌전하게 앉아 있었다. 색깔이 화려한 것도 아니고 부리 모양이 특이하지도 않은 작은 새는 그저 어디서나 흔하게 볼 수 있는 참새처럼 보였다.

—영이예요.

십자매라고 했다. 이름은 영이. 나도 새 종류 정도는 알고 있다는 듯, 하지만 새 이름 따위에는 관심이 없다는 듯 딴청을 부리며 눈앞에 들이민 새장을 여자 쪽으로 밀어냈다.

—소각해주세요. 부탁이에요.

—그냥 날려 보내면 되잖아요.

—날려 보내면 금방 잡아먹히고 말 거예요.

—이러나저러나 죽는 건 같군요.

나는 명쾌한 대답이 되었을 것이라고 생각하고 다시 운전석 위로 발을 올렸다.

—무책임하게 그럴 순 없어요. 잡아먹히게 둘 순 없다고요.

나는 여자의 말에 대꾸할 말이 생각나지 않아 지금 나보고 죽여달라는 거야 뭐야, 라고 입엣말을 하며 운전석으로 올라 탔다. 잡아먹힐 것을 알면서 날려 보내는 건 너무 잔인하잖아요. 여자는 내가 차 문을 닫지 못하게 가로막고 서서 작은 소리로 웅얼거렸다. 급기야 내 입에서 하, 하고 비웃는 소리가 튀어나왔다. 잡아먹히는 걸 방지하기 위해 미리 죽이겠다? 문득 아버지가 떠올랐다. 우리가 낳았으니 마지막도 우리가 책임져야지, 했던 아버지의 마지막 말이. 잊으려고 아무리 노력해도 잊히지 않는 말이었다. 나는 미간을 찡그리며 아버지에 대한 생각을 떨쳐내고는 여자 쪽으로 고개를 돌렸다. 처음으로 여자의 얼굴을 똑바로 바라보았다. 볼록하게 튀어나온 이마와 매끈한 피부 때문인지 어린아이 같은 느낌이 들었다. 커다란 눈을 깜빡일 때는 긴 속눈썹이 그림자를 만들어 쓸쓸한 분위기를 풍겼다. 어려 보이는 얼굴과 쓸쓸한 표정이 어울려 묘한 분위기를 자아낸다는 생각을 하다가 퍼뜩 고개를 젓고는 여자가 들고 있는 새장 쪽으로 시선을 돌려버렸다. 어차피 새가 아니었다면 여자가 내게 말을 거는 일은 없었을 테니까.

—소각해주세요. 늘 하는 일이잖아요.

아니다. 내가 늘 하는 일은 살아 있는 고양이나 강아지나 새를 수거해서 소각하는 일이 아니다. 이미 목숨이 다한 것들, 하지만 누구도 그 사후를 책임져주지 않는 것들을 수거하고 처리하는 일이야말로 내가 늘 하는 일이었다. 하지만 굳이 로드킬, 사체, 폐사, 고양이, 고라니, 소각 등의 단어가 섞인 문장을 만들어 여자에게 설명하고 싶지는 않았다. 내가 해줄 수 있는 일이 아닙니다, 하고 짧게 말한 뒤 차 문을 잡았다. 그 순간 여자가 차 안으로 몸을 들이밀었다. 그리고 새장을 내 무릎 위에 올려놓았다.

─뭐 하는 겁니까?

내가 버럭 소리를 질렀을 땐 이미 여자가 조수석 문을 열고 올라탄 다음이었다. 순식간에 벌어진 일이었다. 뭐 하는 거냐고요? 나는 조수석에 앉은 여자를 보며 한 번 더 소리를 질렀다. 하지만 여자는 아무것도 들리지 않는다는 듯 내 무릎 위에 올려놓았던 새장을 자기 무릎 위로 옮겨놓을 뿐이었다. 나는 잠시 뒤 조금 누그러진 목소리로 억지 부리지 말고 내리라고 말했다. 하지만 여자는 묵묵부답이었다. 말로는 안 될 것 같았다. 나는 차에서 내려 조수석 쪽으로 가 차 문을 열었다. 출근해야 합니다, 라고 최대한 정중하게 말하며 여자가 내릴 수 있도록 문 옆으로 비켜섰다.

─소각해주세요.

여자는 그 말밖에 할 줄 모르는 사람 같았다. 더는 참을 수가 없어 여자의 소매를 잡아끌었다. 하지만 여자는 재빨리 안전벨트를 채우며 몸을 좌석 깊숙이 묻었다. 이대로 실랑이를 하다가는 지각을 할 게 뻔했다. 나는 멍하니 여자를 쳐다보며 섰다가 운전석으로 돌아가 앉았다. 오늘도 수거해야 할 사체들이 많을 것이다. 몇 년 전 A시와 B시 사이에 새 길이 났다. 산을 관통하는 터널이 생기고 산 중턱에 매끈한 아스팔트가 깔리자 두 도시를 오가는 차량이 늘어났고 덩달아 로드킬도 늘어났다. 도청 민원실로 하루에도 몇 건씩 신고가 들어왔다. 차에 치인 것 같은데 고양이인지 뭔지 모르겠어요. 아침에 출근하면서 죽은 걸 봤는데 퇴근할 때 또 보다니 이거 원 기분 나빠서. 빨리빨리 좀 치워요.

로드킬이 늘어나자 죽은 동물을 처리하는 것도 문제가 되었다. 매몰하는 것도 한계가 있었다. 조류인플루엔자 때문에 이 지역의 가금류를 거의 모두 폐사시켜 매몰하고 나자 더 이상 매몰할 땅이 마땅치 않은 상태였다. 게다가 썩은 물이 흥건한 땅에서 어떻게 농사를 짓느냐는 주민들의 한탄이 쏟아졌다. 결국 도청 환경정책과에서 이동식 소각기를 도입하기로 결정했고, 트럭을 타고 도로와 주택가, 농로를 돌면서 차에 치이거나 버려지거나 폐사한 동물 사체를 수거해 매몰하던 나의 업무는 소각하는 것으로 바뀌었다. 흔적이 남지 않는다는 점에서 매몰법보다 소각법이 월등하게 우수했다. 100킬로그램을 소각하면 5킬로그램 정도의 재만 남기고 모두 사라졌다. 나는 거의 모든 것을 사라지게 만드는 이 시스템이 마음에 들었다.

―지금이라도 내려요.

골목을 천천히 빠져나가면서 여자에게 말했다. 내 말투 어디쯤에는, 여기서 내리지 않으면 하루 종일 나를 따라다닐 수밖에 없을 거라는 협박이 묻어 있었다. 여자는 고개를 숙인 채 아무 말도 하지 않았다. 하, 참! 말이 안 통하네. 나도 더는 봐줄 수가 없었다. 더는 신경 쓰지 않기로 작정하고 골목을 빠져나간 뒤 시내를 빠르게 통과했다. 그리고 새 길에 차를 올려 B시 쪽으로 향했다. 새로 난 길에서는 거의 매일 로드킬이 일어났다. 한 시간 정도 달리면서 죽은 동물을 대여섯 번 정도 목격하는 건 특별한 일도 아니었다. 오늘도 다르지 않았다. 새 길을 따라 달린 지 몇 분 지나지 않아 중앙선 부근에 동물 사체가 널브러져 있는 것을 발견했다. 앗, 여자도 사체를 본 것인지 짧게 비명을 질렀다. 여자의 비명 소리에 놀란 새가 새장 안에서 퍼덕거렸다. 나는 새장을 한번 보고는 다시 도로 쪽으로 시선을 돌렸다. 사체 주위로 검붉은 얼룩이 넓게 퍼져 있었다. 차에 심하게 부딪혔거나 여러 대의 차에 거듭 치인 사체가 분명했다.

차를 갓길에 세운 뒤 뛰어내렸다. 삽과 포대 자루를 들고 길의 좌우를 살피며 일차선 쪽으로 달려갔다. 중앙선 부근에 길게 뻗어 있는 건 고양이 사체였다. 몸집이 제법 큰데다 바닥에 붙어버릴 정도로 심하게 깔린 상태여서 얼핏 봐서는 고양이인지 뭔지 알 수가 없을 정도였다. 사체를 들어 올리기 위해 삽을 바짝 고쳐 쥐려던 순간, 쉭 소리를 내며 트럭 한 대가 내 몸을 빠르게 스쳐 지나갔다. 몸이 앞으로 휘청했다. 들고 있던 삽까지 떨어뜨렸다. 씨발, 욕이 절로 튀어나왔다. 언제든 나도 이 고양이 같은 신세가 되어 도로에 널브러질 수 있다는 생각을 하자 머리끝이 쭈뼛거렸다. 평소 같았으면 천씨가 좌우를 살피며 내 작업을 도와주었을 텐데.

얼마 전, 천씨는 도로에서 사체를 수거하다가 차에 치여 크게 다쳤다. 이후 몇 차례 사람이 충원되었지만 대부분 일주일 정도 일한 뒤 고통을 호소했다. 머리가 아프다, 잠을 이룰 수가 없다, 악몽에 시달려서 수면제를 먹고 잔다…… 그들은 하나같이 몸이 아프다고 호소하면서 일을 그만두었다. 죽은 것들을 찾아다니고 수거해서 소각까지 해야 하는 일을 하고 싶어 하는 사람은 없었다. 새 사람을 뽑는 것보다 천씨가 복귀하기를 기다리는 것이 더 나을 것 같았다. 하지만 기다림도 쉬운 것은 아니었다. 하루에도 몇 번씩 천씨의 빈자리가 느껴졌다. 지금처럼 위협적인 상황에서는 더더욱 그랬다. 나를 칠 뻔한 트럭이 저 멀리 사라지는 것을 바라보며 천씨가 빨리 낫기를 기원했다.

나는 도로 양쪽을 둘러보며 차가 오는지 살핀 뒤 삽을 집어 들고 사체를 떴다. 바닥에 바짝 삽을 밀어 넣어 사체를 떠 올린 뒤 포대 자루에 넣고 도로를 건넜다. 포대 자루를 사체 수거함에 던져 넣으려다 말고 다시 포대 자루를 열고 사체를 살폈다. 아직 숨이 붙어 있는 것은 아닐까. 살아 있는 놈을 소각기에 넣고 작동시키는 실수는 하고 싶지 않았다. 다시 봐도 고양이는 형체도 없이 일그러지고 망가져 있었다. 역시 아니겠지. 숨이 붙어 있을 리 없었다. 나는 마른침을 한번 삼킨 뒤 포대 자루를 수거함에 던져 넣었다.

오늘 하루 수거한 고양이만도 열 마리가 넘었다. 고라니와 새도 있었다. 새 길이 나면서 터전을 잃은 동물들이 길을 횡단하다 사고를 당하는 경우가 많았다. 고라니는 그렇다 치더라도 새가 차에 치이는 것은 이해할 수가 없었다. 날개를 바닥에 펼친 채 죽어 있는 새를 보면 차에 치인 게 아니라 공중의 무엇인가에 부딪혀 떨어진 게 아닌가 하는 생각이 들었다. 나는 수거한 새를 들어 올려 수거함에 넣다 말고 언제나처럼 다시 한번 살폈다.

—뭐 하는 거예요?

언제 차에서 내린 것인지 여자가 새장을 들고 내 곁으로 다가오며 물었다. 나는, 살아 있는 놈을 소각할 수는 없으니까요, 하고 분명한 목소리로 말했다. 여자의 귀에 정확하게 들릴 수 있도록. 살아 있는 새를 소각할 생각은 그만두고 지금이라도 새장을 들고 집으로 돌아가주기를 바라면서. 하지만 여자의 생각은 다른 것 같았다.

—날려 보냈다가는 어딘가에서 저런 비참한 모습으로 죽임을 당할 게 뻔해요.

여자는 끔찍하다는 듯 새가 든 포대 자루를 보며 몸을 떨었다.

—왜 죽을 거라고 생각하죠?

—날지를 못해요. 한쪽 날개가 없어요.

나는 새장 안을 들여다보았다. 새는 한쪽 날개를 퍼덕이며 새장 안을 총총총 뛰어다니고 있었다. 가볍고 재바른 발놀림이었다. 날지는 못해도 뛰는 것은 자신 있다는 듯.

—오 년이나 함께 살았어요. 가족이나 마찬가지인데 죽을 걸 뻔히 알면서 날려 보낼 순 없어요. 내가 끝까지 책임을 져야죠.

왜 여자는 내게 새를 맡아달라고 하지 않고 소각해달라고 하는 것일까. 하긴 맡아달라고 해도 나는 맡아 기를 생각이 조금도 없었다. 나보다 먼저 죽을 가능성이 있는 것은 아무것도 기르고 싶지 않았다. 나는 고개를 돌려 여자를 바라보았다. 새장 지붕에 턱을 대고 앉은 여자는 금방이라도 울 것 같은 표정이었다. 여자의 얼굴 위로 아버지가 겹쳐졌다. 살아도 사는 게 아닌 삶일 거야. 우리가 낳았으니 마지막도 우리가 책임져야 한다며 형의 손을 잡고 바다로 뛰어들던 아버지. 왜 저들은 죽음이 삶보다 안전할 거라고 확신하는 것일까.

　매일 아침마다 아버지는 동전으로 점을 치면서 하루를 시작했다. 아직 없는 것을 위하여 지금 있는 것을 버리는 사람이었다, 아버지는. 평생 결정적인 한 방을 노리며 허공에 그물을 던지듯 동전을 던졌다. 이 손으로 하루치 운명을 조각하는 거란다. 실제로 아버지는 무언가를 조각하는 예술가처럼 진지한 표정으로 동전을 던졌다. 하지만 아버지의 말이 내 귀에는 이 손으로 하루치 운명을 조작하는 거란다, 로 들렸다. 동전을 던져 숫자 면이 나오면 길게 막대를 그리고 그 옆에 3이라는 숫자를 써넣었고, 반대 면이 나오면 짧은 막대를 두 개 그린 뒤 그 옆에 2라는 숫자를 써넣었다. 그렇게 여섯 번 동전을 던져 점괘를 알아낸 다음에야 아버지의 하루는 시작되었다. 그날 아침, 아버지의 점괘는 어땠을까.

　그날 아침도 여느 날과 다름없었다. 아버지는 진지한 얼굴로 동전점을 쳤다. 다른 것이 있었다면 동전으로 점을 친 뒤 형과 나를 불러 머리를 쓰다듬어주었다는 것 정도였다. 아침을 먹은 뒤 우리는 함께 집을 나섰다. 어디로 가는지 알지 못했지만 형과 나는 뜻밖의 외출에 신이 나서 자꾸 웃었다. 아버지는 형의 손을 잡고 있었고 어머니는 내 손을 잡고 있었다. 추운 날씨였지만 어머니의 손은 땀으로 축축했다. 우리 없이 이 어린것들이 어떻게 살아가겠어? 살아 있어 봐야 빚쟁이들한테 시달릴 게 뻔해. 죽음보다 못한 삶이 될 거야. 끝까지 우리가 책임을 져야지. 아버지가 어머니에게 말했다. 어머니는 그런 아버지 앞에서 고개를 숙인 채 입을 꾹 다물고 있었다.

나는 그날 보았던 검푸른 바다를 지금까지도 뚜렷하게 기억하고 있다. 멀리 내다보이는 칼로 자른 듯한 수평선, 바위 아래로 넘실대는 파도, 파도가 부서지면서 만들어내는 하얀 거품. 겨울바람이 차가웠지만 나는 처음 보는 바다에 매료되어 추운 것도 잊은 채 넋을 놓고 바라보았다. 눈 깜짝할 사이에 벌어진 일이었다. 내가 바다를 보고 있는 사이 아버지가 형의 손을 잡고 바위에서 뛰어내렸다. 내가 아버지를, 형을 불렀을 때는 이미 바다가 그들을 삼킨 뒤였다. 어머니가 내 손을 잡아끌었다. 이번에는 우리 차례야, 라고 말하는 듯한 어머니의 손. 나는 두려움에 온몸을 떨면서 잡고 있던 어머니의 손을 뿌리쳤다. 어머니가 내 이름을 부르며 달려왔지만 나는 필사적으로 달아났다. 하지만 아무리 앞서 달아나도 그날의 기억은 또다시 돌아와 내 앞에 서 있었다. 바다에 빠졌지만 극적으로 목숨을 건진 형은 그 나이에서 성장을 멈춰버렸다. 어머니는 그때처럼 입을 꾹 다문 채 살아갔다. 간혹 소주를 몇 잔

마신 날에는 내가 죄인이다, 어미는 어미도 아니다, 라는 말을 하며 형의 손을 잡고 울먹였다. 아버지의 장례를 치른 뒤부터 어머니는 단 한순간도 편하게 쉬지 않았다. 식당에서 하루 종일 일하고 들어온 뒤에도 밤새 부업을 했다. 어머니는 앉은뱅이책상 앞에 앉아 볼트에 너트를 끼우고 인형 눈을 달고 양말의 짝을 맞추고 봉투를 붙이면서 머리가 하얘지고 주름이 생기고 허리가 굽어갔다. 그대로 화석이 되어갔다.

—이제 그런 일 안 해도 되잖아요.

내가 버는 돈으로 생활이 가능해졌는데도 어머니는 일을 그만두지 않았다.

—이거라도 해야 내가 산다.

—편하게 살아도 돼요.

—이게 편하다.

어머니는 일손을 멈추지 않은 채 담담하게 말했다. 언젠가 어머니에게 물었다. 후회돼요? 그래, 후회된다. 뭐가 제일 후회돼요? 살다 보면 살아진다는 것을 아버지한테 설명할 수 없었던 내 멍청함이 제일 후회된다. 나는 그런 어머니 앞에서 더는 아무것도 물어볼 수가 없었다. 나이가 들어 더 이상 식당 일을 할 수 없게 된 뒤로 어머니는 하루 종일 앉은뱅이책상 앞에 앉아 부업을 했다. 살아가는 것을 남에게 들키고 싶지 않은 사람처럼, 사는 것을 마치 불륜이라고 생각하는 사람처럼. 그런 어머니 곁에서 형 역시 나이가 들어갔다. 어머니는 평생 형과 한방을 썼다. 내가 형과 같은 방을 쓰겠다고 했지만 어머니는 고개를 내저었다. 아직 엄마 손이 필요할 나이가 아니냐? 형이 스물을 넘기고 서른을 넘겨도 어머니는 똑같은 말을 했다. 나이가 들어갈수록 형은 아버지를 닮아갔다. 아버지처럼 동전을 던지며 2 혹은 3이라고 외치는 형을 아버지로 착각해 나도 모르게 아버지, 라고 부른 적도 있었다. 형은 많은 것들을 머리에서 지워버렸지만 아버지에 대한 기억만은 그대로 가지고 있는 듯했다. 태울 수만 있다면 형의 기억을 소각기에 넣고 작동시키고 싶었다. 1그램의 재도 남기지 않는 강력한 소각기에 넣고 활활 태워버리고 싶었다.

로드킬 당한 새를 수거함에 던져 넣은 뒤 이동식 소각기가 있는 곳으로 차를 몰았다. 내가 수거함에서 동물 사체를 꺼내는 동안 여자는 차에 가만히 앉아 있었다. 여자의 얼굴이 사이드미러에 비쳤다. 여자는 고개를 푹 숙이고 있었다. 지금이라도 소각을 원한다면 동물 사체에 슬쩍 끼워 넣으면 될 것이다. 하지만 여자는 내 앞에 새장을 들이밀지도, 소각해달라는 말도 하지 않은 채 차에 가만히 앉아 있었다.

소각은 두 번에 걸쳐 이루어졌다. 1차 챔버에서 650도의 열에서 태운 뒤 2차 챔버에서는 900도 이상의 고열로 완전 연

소시켰다. 수거한 동물을 소각기로 옮기는 것도 힘든 일이었지만 무엇보다 참을 수 없는 것은 냄새였다. 머리카락이 타는 듯한 누린 냄새는 아무리 시간이 지나도 익숙해지지 않았다. 이동식 소각기를 시범 설명할 당시 냄새에 대한 경고는 없었다. 나는 동물이 소각되는 동안 줄담배 없이는 견딜 수가 없었다. 평소에는 거의 피우지 않았지만 소각기를 작동시킬 때는 어김없이 담배의 힘을 빌릴 수밖에 없었다. 소각기를 작동시킨 뒤 조금 떨어진 곳에 앉아 담배를 피워 물었다.

　―냄새가 지독하네요.

　내 곁으로 다가온 여자가 말했다. 여자는 새장을 들고 있었다. 나는 턱으로 새장을 가리키며 어떻게 할 작정이냐고 물었다. 여자는 물끄러미 새장을 내려다볼 뿐 별말이 없었다. 나는 새장 쪽으로 담배 연기를 길게 내뿜었다. 새가 퍼덕거리며 짹짹거렸다.

　―새 때문에 살 수가 없다고 하더군요. 어느 날 갑자기 말이에요. 시끄러워서 살 수가 없다고요. 나한테 새를 버리라고 하는데, 그럴 수는 없었어요. 그럴 수는 없는 일이잖아요. 새를 안 버리면 자기가 나가겠다고 하더니 결국 짐을 싸서 집을 나갔어요.

　여자가 중얼거렸다. 나에게 하는 말인지 혼잣말인지 알 수가 없어 나는 가만히 듣고만 있었다. 아침마다 내 앞을 가로

막으며 새를 죽여달라고 말한 게 모두 그 남자 때문이었나. 그런데 여자는 정말 믿는 것일까. 새가 없어지면 남자가 다시 돌아올 것이라고. 사랑이 식어버린 한 남자가 떠나고 남은 여자는 '새의 처리'와 같은 조건만 충족되면 남자가 다시 돌아올 것이라고 믿는 익숙한 서사, 그 작위적인 이야기를 정말로 믿고 있는 것일까.

─처음에는 두 마리였어요. 영이, 원이. 새의 이름을 영이와 원이라고 지으면서 영원히 함께하자고 약속했었죠. 유치하죠? 그러다가 원이가 먼저 죽었어요. 한 마리가 죽으면 남은 한 마리도 따라 죽는다고 했는데. 외로워서 혼자서는 못 살아간다고. 그런데 애는 저 혼자서 이 년 넘게 살고 있어요. 한 마리가 죽었을 때 따라 죽었으면 좋았을까요?

여자는 혼잣말인 듯 질문인 듯 말했다. 나는 아무 말 없이 공중으로 길게 연기를 내뿜은 뒤 담배를 껐다. 소각이 다 끝날 때까지 여자는 새장을 껴안은 채 내 곁에 앉아 있었다. 주문처럼 반복하던 소각해주세요, 라는 말은 끝내 하지 않은 채. 여자가 정말로 원한 것은 새를 소각하는 것이 아닐지도 몰랐다. 소각은 날이 어두워진 뒤에야 끝이 났다. 일이 끝난 뒤 천씨가 입원해 있는 병원으로 향했다. 집에 가기 전에 잠깐 들를 곳이 있는데, 라고 말을 꺼냈을 때 여자는 가만히 고개를 끄덕였다. 좋을 대로 하세요.

병실 문을 열자 왈칵 웃음소리가 쏟아졌다.

─로드킬 당할 뻔한 거지.

웃음소리와 함께 천씨의 커다란 목소리가 들렸다. 내가 병실로 들어서자 환자들이 일제히 나를 바라보았다. 나는 창가 침대에 있는 천씨에게 다가가면서 그들을 일별했다. 대부분 눈에 익은 사람이었고 더러는 처음 보는 얼굴이었다. 병문안을 올 때마다 새로운 얼굴 한둘 정도는 꼭 있었다. 그들은 잠시 나를 보는가 싶더니 이내 천씨 쪽으로 고개를 돌렸다. 재밌는 이야기가 한창이었던 것처럼 병실의 분위기는 사뭇 들떠 있었다.

─왔어?

─만날 그 이야기예요? 질리지도 않아요?

─아픈 사람이 아픈 얘기 말고 무슨 할 이야기가 있겠어? 여기 사람들 전부 아픈 것밖에 할 이야기 없어. 아픈 거, 다친 거, 그리고 아직 죽지 않은 거.

한쪽 팔을 잃는 큰 사고였는데도 천씨는 다른 팔을 들어 보이며 내내 웃었다. 팔 하나야, 잃은 건. 아직 팔 하나는 남았잖아. 나는 늘 운이 좋은 편이었어. 팔 하나 잃은 것을 마치 자전거 바퀴 하나에 펑크가 난 정도로 말했다. 두 바퀴 다 펑크가 나지 않아서 얼마나 다행이냐고. 살아오는 내내 운이 좋았던 적도, 다행이라고 여겼던 적도 없었던 내게 천씨는 전혀 다른 세계에 사는 사람 같았다.

　—혼자서 힘들어서 어째?

내내 웃고 있던 천씨가 굳은 얼굴로 말했다. 죽다 살아난 사람이 지금 누구 걱정을 하는 것인지. 나는 별말 없이 천씨를 보고 섰다가 들어올 때처럼 슬그머니 돌아서서 병실을 나섰다. 언제나처럼 천씨가 나를 따라 나왔다. 담배나 한 대 피울까 하고, 라고 말했지만 실은 나를 배웅하러 나왔다는 걸 알고 있었다.

　—요즘에도 꿈 때문에 잠을 못 자?

병원 로비를 나서며 천씨가 물었다. 팔 하나를 잃은 것보다 나의 불면증이야말로 더 큰 병이라는 듯 걱정스러운 말투였다. 꿈이요? 어제도 꿈을 꿨다. 바다 위를 날아가던 새 한 마리가 날개를 접고 바닷속으로 떨어졌다. 새는 다이빙 선수가 머리부터 낙하하는 것처럼 갑자기 날개를 접고는 부리를 아래로 향한 채 빠른 속도로 떨어졌다. 마치 보이지 않는 장애물에 부딪힌 것 같은 갑작스러운 낙하였다. 새가 바닷속으로 빨려 들어가듯 사라진 뒤 어디선가 거대한 새 떼가 나타났다. 그리고 마치 누군가 호각을 불어 알리기라도 한 것처럼 일제히 날개를 접고 바다로 떨어졌다. 까맣게 하늘을 뒤덮었던 새들이 우수수 낙엽처럼 떨어져 내리는 순간, 나는 몸을 뒤척이며 눈을 떴다. 꿈에서 깬 뒤에도 새 무리의 잔상이 눈앞에서 사라지지 않았다. 한참을 뒤척이며 다시 잠을 청해봤지만 소용없었다. 눈을 감으면 눈앞에서 무수히 많은 새들이 바다로 떨어졌다. 나는 아침까지 뜬눈으로 누워 있다가 집을 나섰다.

—새네.

천씨가 손가락으로 어딘가를 가리키며 말했다. 간밤의 꿈을 떠올리고 있던 나는 퍼뜩 정신을 차리고 천씨가 가리키는 쪽으로 고개를 돌렸다. 새장을 든 여자가 서 있었다. 내가 천씨의 병실에 간다고 했을 때 여자는 차에서 기다리겠다고 했다. 여자를 너무 오래 기다리게 한 것일까. 나는 여자를 향해 손을 들었다가 슬그머니 내렸다. 대신 빠른 걸음으로 여자에게 다가갔다.

—십자매군.

내 뒤를 따라온 천씨가 새장 안을 들여다보며 말했다. 나는 여자와 새에 대해 어떻게 설명해야 할지 곰곰이 생각했지만 딱히 떠오르는 말이 없었다. 여자가 새를 소각해달라고 하는데 어쩌면 좋겠느냐고 의논할 수도 없는 노릇이었다. 십자매는 한 마리만 키우면 외로워서 안 되는데. 처음에는 두 마리였어요. 천씨의 말에 여자가 대답했다. 아, 혼자 남은 거군. 녀석, 그동안 외로웠겠네. 한쪽 날개가 없어서 날지를 못해요. 음, 나하고 처지가 같네. 그래도 두 다리는 멀쩡하잖아,

이 녀석도 나도. 천씨는 새와 자신의 두 다리를 가리키며 씨익, 웃었다. 문장이 끝날 때마다 찍는 마침표처럼 천씨는 말 끝마다 웃음표를 찍었다. 그 덕분에 천씨의 문장은 모두 희극적이었다. 아무리 슬픈 이야기라도 웃음표가 찍히는 순간 명랑한 이야기로 바뀌었다. 여자도 천씨의 웃음표에 금방 물든 것 같았다. 천씨가 말을 마칠 때마다 여자는 곧잘 웃음을 터트리곤 했다. 천씨에게 새와 여자에 대한 설명은 하지 않아도 될 것 같았다. 여자에게도 천씨에 대한 설명은 필요 없을 것 같았다. 두 사람은 새장을 가운데 놓고 오래 알고 지내던 사람처럼 말을 이어갔다. 그 풍경은 따뜻하고 편안했다. 뭔가 하나씩 잃어버린 자들이 모여 서로의 상처에 후후, 입김을 불어주고 있는 것처럼 보였다. 나는 슬쩍 그들 곁으로 다가섰다. 얼어붙은 손을 녹이려고 난로 가에 다가서는 사람처럼 그들 옆에 바짝 붙어 섰다.

―영이예요.

내가 지금 뭐라고 한 것인가. 오늘 아침만 하더라도 이름 따위 관심 없다고 딴청을 피웠는데 능청스럽게 이 새에 대해 잘 알고 있는 것처럼 굴다니. 내가 새 이름을 말했을 때 나보다 더 놀란 것은 여자였다. 새장을 보고 있던 여자가 불쑥 얼굴을 들어 나를 바라보았다. 눈을 동그랗게 뜨고 한동안 나를 보고 있던 여자의 입가에 작은 미소가 번졌다. 환했다. 그 사소한 미소가 나를 들뜨게 만들었다. 나도 모르게 얼굴이 달아 올랐다. 나는 급히 고개를 숙였지만 한번 달아오른 얼굴은 좀처럼 식지 않았다.

집으로 돌아가는 내내 여자와 나는 한마디도 하지 않았다. 불시에 뛰기 시작한 가슴은 쉽게 진정되지 않았고 나는 여자 쪽을 제대로 볼 수가 없었다. 집 앞에 트럭을 대고 여자가 새장을 들고 내릴 때까지 나는 운전석에 앉아 앞만 바라보았다. 그날 밤 나는 바다로 추락하는 새 무리에 대한 꿈을 꾸지 않았다. 꿈을 꾸지 않은 것은 아니었지만 무슨 꿈을 꿨는지 잘 기억이 나지 않았다. 어딘가를 헤매는 꿈 같기도 했고 어딘가 목적지를 향해 열심히 달려가는 꿈 같기도 했다. 아침에 일어났을 때 먼 길을 갔다 온 것처럼 다리가 아팠고 심장이 빠르게 뛰었다. 그리고 제일 먼저 여자가 떠올랐다. 여자의 웃는 모습을 다시 보고 싶었다. 그 바람은, 누군가의 생이 환하게 빛나는 찰나를 함께하고픈 열망 같은 것이었다.

대문을 열고 나갔을 때 여자는 보이지 않았다. 나는 트럭 주위를 이리저리 살피며 서성거리다 대문 안을 기웃거렸다. 여자의 방 창문에 짙은 색 커튼이 쳐져 있는 것이 보였다. 나는 한참 동안 여자의 방 쪽을 보고 섰다가 트럭 쪽으로 걸어 갔다. '새의 처리'에 대한 마음이 바뀌었다면 이제 내 앞에 나타날 일은 없을 것이다. 어차피 모든 게 새 때문이었으니까. 나는 골목을 다 빠져나갈 때까지 몇 번이나 사이드미러를 보았지만 끝내 여자는 나타나지 않았다.

하루 종일 눈코 뜰 새 없이 바쁜 날이었다. 바이러스에 감염돼 폐사한 닭 수백 마리를 수거하여 소각하는 일은 해도 해도 끝이 없었다. 아침 일찍부터 시작된 일은 저녁 늦게야 끝이 났고 트럭에 탔을 때는 녹초가 될 정도였다. 시동을 걸고 운전대를 잡았을 때 여자가 떠올랐다. 여자가 앉았던 조수석 쪽을 바라보았다. 새장을 안고 있던 여자의 모습이 손에 잡힐 듯 떠올랐다. 여자가 보고 싶었다. 여자를 다시 웃게 만들고 싶었다. 짹짹거리던 영이의 지저귐조차 그리웠다. 그러다가 문득 화들짝 놀라 몸을 바로 세웠다. 잘 알지도 못하는 여자를 이토록 그리워하다니. 게다가 여자에게는 새를 소각하게까지 만드는 남자가 있지 않은가. 불끈, 일면식도 없는 어떤 남자에 대한 미움이 솟아올랐다. 운전대를 쥐고 있던 손이 부르르 떨렸다. 집으로 가려던 마음을 바꿔 병원으로 향했다. 이대로 집에 들어가면 한잠도 이룰 수 없을 것 같았다. 여자의 방에 불이 켜져 있으면 켜져 있는 대로 꺼져 있으면 꺼져 있는 대로 그 앞에서 내내 서성일 게 분명했다. 혼자서 힘들어서 어째, 라고 물어주는 천씨의 목소리라도 듣고 나면 마음이 진정될지도 모른다. 나는 액셀러레이터를 꾹 밟았다.

병원 마당으로 들어서서 주차장으로 막 진입하려던 때였다. 여자였다. 병원 외부에 설치된 조명과 차 헤드라이트를 받으며 서 있는 두 사람은 분명 천씨와 여자였다. 두 사람은 어제처럼 영이를 가운데 두고 마주 보며 서 있었다. 천씨의 말에 여자는 자주 웃음을 터뜨렸고 천씨의 빈 소매가 바람에 나풀거리는 것이 보였다. 사이좋은 부녀지간처럼 보였다. 여기까지 들릴 리 만무했지만 영이가 지저귀는 소리도 들리는 것 같았다. 영이가 보고 싶을 것 같다고 하더군요. 어젯밤 트럭에서 내리며 했던 여자의 말이 떠올랐다. 천씨는 내내 영이를 바라보며 짹짹, 짹짹, 소리를 냈었다. 영이의 언어로 대화를 하려는 것처럼 몇 번이고 짹짹거렸다. 천씨가 새를 좋아했던가. 그러고 보니 천씨는 모든 동물을 다 좋아했다. 살아 있는 것이든 죽은 것이든 모두 귀하게 다루었다. 여자는 그런 천씨에게 영이를 보여주려고 온 것인가 보았다. 영이를 보며 웃는 천씨의 얼굴에 깊은 주름이 잡혔다. 오랫동안 이발을 하지 못해 아무렇게나 자란 천씨의 흰 머리가 조명을 받아 유난히 새하얗게 보였다.

　―로드킬 당할 뻔한 거지.

차에서 내려 천천히 그들 곁으로 다가가자 천씨의 큰 목소리가 들렸다. 죽다 살아난 얘기를 능청스럽게 하고 있는 천씨 곁에서 여자가 활짝 웃고 있었다. 영이도 천씨의 이야기를 듣

고 있는 것처럼 새장 안에서 한쪽 날개를 퍼덕거리며 쩍쩍거
렸다.

—왔나?

천씨가 나를 보며 손을 들어 보였다. 여자가 고개를 돌려
나를 보았다. 전생의 일 같았다. 어제 보고 겨우 하루가 지났
을 뿐인데 여자를 향한 그리움은 몇 겹을 거친 것처럼 커져
있었고 막상 여자를 보자 왈칵 눈물이 날 정도로 반가웠다.
나는 천천히 여자 곁으로 다가섰다. 여자의 숨결이 느껴졌다.
그제야 안도감이 들었다.

—여긴 어떻게……

—퇴원하면 영이를 내가 맡기로 했어. 내가 키우고 싶다고
억지를 좀 부렸지.

여자 대신 천씨가 말했다.

—그때까지는 이렇게 병원에 데리고 와서 보여주기로 했고
말이야.

—새를 맡기면……

새를 맡기고 나면 떠날 거냐고 물어보고 싶었지만 차마 말
이 나오지 않았다. 새만 처리하고 나면 그 남자를 찾아갈 것
이냐고, 새를 처리했으니 이제 그 남자에게 다시 돌아오라고
할 것이냐고 물어야 하는데…… 하지만 아무 말도 할 수가
없었다. 여자가 무슨 대답을 할지 두려워서 아무것도 물을 수

가 없었다. 여자의 미소를 보지 못하게 될까 봐, 꿈에서조차 나를 뛰게 만들었던 여자를 이대로 잃어버리게 될까 봐, 기억을 소각하기 위해 발버둥 쳤던 일상으로 돌아가게 될까 봐 무서웠다. 마음 한 귀퉁이가 무너져 내리는 것 같았다.

—나, 퇴원하려면 아직 한참 남았어.

천씨가 나를 보며 말했다. 마치 내 마음을 다 읽었다는 듯이. 그리고 그때까지 여자와 함께 영이를 데리고 와달라는 부탁도 잊지 않았다. 그럴게요. 나는 천씨를 향해 고개를 끄덕였다. 여자를 조수석에 태우고 매일 병원으로 오는 상상을 하자 무너졌던 마음의 한 귀퉁이가 다시금 부풀어 올랐다. 쩍쩍, 쩍쩍, 영이가 울었다. 천씨가 새장 가까이 얼굴을 들이대고 새소리를 흉내 냈다. 영이의 언어. 나는 천씨와 영이의 대화를 듣고 있다가 문득 여자 쪽으로 고개를 돌렸다. 그녀의 이야기가 듣고 싶었다.

빈집

그녀가 공씨의 집을 방문하게 된 것은 남편의 실직 때문이었다. 남편은 얼마 전 다니던 보험회사에서 명예퇴직을 했다. 원하던 직급에 막 닿았을 때 회사의 강권에 의한 퇴직이었기 때문에 남편의 상실감은 더 컸다. 그래서인지 남편은 회사를 그만둔 뒤로 아무것도 하지 않고 시간을 보냈다. 그녀는 남편이 무엇인가를 다시 시작할 때까지 진득하게 기다리기로 했다. 한 곳에 적을 두고 앞만 보고 달린 이십 년을 정리하려면 시간이 걸릴 것이다. 치킨집이나 하자, 라고 덜컥 나서는 것보다는 퇴직금으로 생활비를 충당하면서 차분하게 제2의 인생을 계획하는 것이 더 나을 수도 있었다.

남편은 직장 외에는 관심이 없었다. 사고처리 부서에서 일했던 그는 종종 그날 처리한 사고나 특별하다 싶은 사건에 대해 이야기하곤 했는데 그때마다 강조한 것은 자신의 노력으로 인해 회사에 얼마만큼의 이익을 안겨줬는가, 하는 것이었다.

"내가 아니었다면 회사가 지급해야 될 돈이 몇 배는 되었을 거야."

그녀는 남편의 말에 고개를 갸웃거렸다.

"그럼 보험 계약자는 피해를 본 거잖아."

"당신이 손해 본 것도 아닌데 왜 그래."

사실 남편의 넉넉한 월급 덕분에 누구보다 큰 혜택을 본 것은 그녀였다. 가계부를 쓸 필요도 없었고 하나를 사기 위해 다른 하나를 포기할 필요도 없는 삶이었다. 아들 역시 이른 나이에 유학을 떠나 그곳에서 자리를 잡을 계획을 하고 있었다. 하지만 그녀는 풍족함의 크기에 비례한 결핍감이 밀려드는 것을 느꼈다. 이제 차라리 '치킨집이라도 할까?' 하고 말해주기를 바랄 정도로 시간이 지났지만 남편은 꿈쩍도 하지 않았다. 일을 알아보는 것만 하지 않는 것이 아니었다. 말도 하지 않았다. 하루 종일 같이 있어도 나누는 대화라고는 한두 마디나 될까. 남편은 입을 굳게 다문 채 책만 들여다보았다. 자잘한 글자가 빼곡하게 적힌 책자, 크기보다 두께가 더 두꺼운 보험약관을 읽고 또 읽었다. 그녀는 남편이 읽고 있는 대목을 뒤에서 들여다본 적이 있었다. 그때 남편은 '귀의 장해' 부분을 읽고 있었다. 청력을 잃었을 때, 심한 장해와 약간의 장해를 입었을 때, 귓바퀴의 절반 이상이 결손되었을 때, 귓바퀴가 결손되었으나 기능에는 문제가 없고 추상 장해로 평가될 때 등이 상세하게 나와 있었다. 사람의 작은 일부분인 귀를 이토록 자잘하게 자르고 쪼개서 분류할 수도 있구나. 그녀는 자신의 귓불을 한번 만져본 뒤 남편을 내려다보았다. 회사를 그만둔 남편에게 보험약관이란 것이 무슨 의미인지 궁금했다.

"다시 돌아갈 생각이야?"

그녀는, 다시 회사로 돌아갈 수 있을 거라고 생각하는 거야, 라고 묻고 싶었지만 잔인한 말처럼 느껴져서 에둘러 물었다. 남편은 대답이 없었다. 남편이 입을 꾹 다물수록 그녀는 점점 더 힘이 들었다. 남편의 침묵은 유별난 데가 있었다. 그의 침묵은 조용하지 않았다. 말 못하는 아기가 자지러지는 울음으로 욕구를 표현하는 것처럼 남편은 뭔가를 요구하며 소리 없이 울부짖고 있었다. 그녀는 오래전에 끝낸 육아를 다시 시작하는 것처럼 버거웠다.

"당신, 이런 사람 아니었잖아."

아이같이 굴지 말고 무슨 말이든 좀 해보라는 의미로, 더 이상 당신하고는 상관도 없는 그런 책자 따위는 던져버리라는 의미로 소리쳤지만 남편은 요지부동이었다. 그녀는 남편의 침묵을 피해 집을 나섰다. 하지만 막상 거리로 나서자 갈 곳이 없었다. 무작정 동네를 걸어 다녔고 마트나 공원에서 시간을 보냈다. 그러던 어느 날 행정복지센터 앞에서 걸음을 멈췄다. 게시판에 붙은 '사랑의 도시락 배달' 자원봉사자 모집 공고가 그녀의 눈길을 잡아끌었다. 그녀는 곧장 센터 안으로 들어가 신청서를 작성했다. 자원봉사는 바로 다음 날부터 시작되었다. 자원봉사자가 하는 일은 도시락을 배달하는 것이 전부가 아니었다. 도시락에 담을 음식을 만드는 것도 자원봉사자의 몫이었다. 격일로 나오는 사람도 있었고 일주일에 한 번만 나와서 돕는 사람도 있었지만 그녀는 하루도 빠지지 않았다. 매일매일 음식을 만들고 도시락을 쌌다. 그리고 그 도시락을 들고 배달을 나갔다.

비석마을로 가는 오르막과 공씨의 집으로 가는 골목길, 공씨의 방 그리고 항상 조용하게 앉아 벽을 보는 공씨, 이 모든 것이 좋았다. 공씨의 방에는 책이 많았다. 천장에 닿을 듯 높이 쌓여 있었다. 그녀는 공씨가 책을 읽는 것을 한 번도 본 적이 없었지만 그가 다 읽은 책일 것이라는 확신이 들었다. 그녀는 종종 남편에게 공씨에 대해 이야기했다.

"한마디도 하지 않는데 꼭 대화를 나누는 것 같단 말이야. 이상하지?"

*

씹어 먹는 기능과 말하는 기능 모두에 심한 장해를 남긴 때에는 보험금 지급률 100퍼센트, 씹어 먹는 기능 또는 말하는 기능에 심한 장해를 남긴 때에는 보험금 지급률 80퍼센트. 말하는 기능에 심한 장해를 남긴 때라 함은 구순음, 치설음, 구개음, 후두음 중 세 개 이상의 발음을 할 수 없게 된 경우를 말한다. 그는 보험약관에서 '입의 장해'에 대한 부분을 읽고 있었다. 그가 해결한 많은 사고처리 중에서 씹는 기능과 말하는 기능 모두에 심한 장해를 입은 사람은 없었다. 수많은 사람 중에 한 명 있을까 말까 한 사고 형태에조차 이렇게 철저하고 정확한 사고처리 방책이 나와 있다는 게 좋았다. 보험약관만 있으면 어떤 사고를 당해도 안전할 것 같았다. 그는 가끔 보험약관에 손을 올리고 눈을 감은 채 앉아 있었다. 누군가 봤다면 보험약관이 아니라 성서라고 생각했을 포즈로. 아내가 아침 식사를 차리고 그를 불렀다. 그는 여전히 보험약관에 손을 올려놓은 채 가만히 앉아 있었다. 그는 자주 아무 말도 듣지 못하는 사람처럼 굴었다.

"여보, 밥. 식사하라고!"

아내가 다시 큰 소리로 그를 불렀다. 그는 중요한 일을 방해받은 사람처럼 인상을 썼다.

"어제 먹던 게 남아서 데웠어. 버릴 순 없잖아."

그는 찌개 냄비에 젓가락을 넣어 푹 익은 채소를 건져내 입 안에 넣었다. 질긴 채소는 한참을 씹어야 했다. 그는 오래오래 저작을 한 다음 꿀꺽 소리를 내면서 삼켰다. 퇴직을 한 뒤로 그는 많이 먹지 않았다. 신체활동이 적어서인지 입맛도 없었고 좀 많이 먹었다 싶으면 어김없이 소화가 안 돼서 고생을 해야 했다. 그는 아픈 것보다는 고픈 쪽을 택하는 성격이었다.

"다 먹은 거야?"

그가 밥을 반도 먹지 않고 숟가락을 내려놓자 아내가 빤히 쳐다보며 물었다. 아내의 목소리에 약간의 짜증이 섞여 있었지만 그는 모른 척 자리에서 일어났다.

"왜 자꾸 밥을 남겨?"

"소화가 안 돼."

"안 움직이니까 그렇지. 운동이라도 해."

그는 아내의 말에 더 이상 대꾸하지 않았다. 아내는 식탁에 앉아 밥을 마저 먹었다.

"당신을 키우고 싶진 않아. 당신은 내 자식이 아니잖아."

설거지를 하기 위해 고무장갑을 끼던 아내가 말했다. 그는 뭔가를 잘못 들었나 싶어 아내를 향해 뭐라고 했어, 하고 물었다. 아내는 그에게 등을 보인 채 아무 말도 하지 않았다. 설거지를 하는 아내의 손길이 거칠었다. 그릇과 그릇이 부딪치는 소리가 그의 귀에 쟁쟁 울렸다. 밥을 남겼다고 투정을 부리다니, 그는 아내의 행동이 못마땅했다. 그는 귀를 막듯이 손바닥으로 한쪽 턱을 받치고 다시 보험약관을 읽었다.

보험금을 지급하지 아니하는 경우는 다음과 같다. 무중력 환경에서의 장시간 체류, 식량 결핍, 수분 결핍, 상세불명의 결핍. 그는 읽기를 멈추고 상세불명의 결핍에 대해 생각했다. 한참을 생각하다 보니 그 말이 자신과 관련된 말이라는 생각이 들었다.

직장에서 쫓겨나다시피 퇴직을 한 몸이었다. 그날, 그러니까 퇴직을 하던 날, 빌딩을 걸어 나올 때 그는 벗은 몸으로 쫓겨난 기분이었다. 내가 어떻게 했는데, 나한테 어떻게 이럴 수가 있지. 그는 운전을 해서 집으로 돌아오는 내내 이 말을 반복했다. 차가 신호에 걸려 멈출 때마다 조수석에 놓인 꽃다발을 손으로 짓뭉갰다. 부하직원들이 그에게 안겨준 꽃다발 속 생화들은 시드는 것이 눈에 보일 정도로 급속하게 죽어가고 있었다. 시들어 죽는 것이나 내 손에 죽는 것이나! 그는 이미 죽은 꽃들을 다시 죽이면서 이상한 쾌감을 느꼈다. 신호등이 초록색으로 바뀔 때까지 한 송이 한 송이를 꽉꽉 움켜쥐었다 놓았다. 요즘도 그는 종종 그 말을 되뇌었다. 내가 어떻게 했는데…… 그는 지금 자신이 상세불명의 결핍 상태라고 생각했다. 보험금도 지급받지 못하는 상태.

아내가 외출 준비를 하고 방에서 나왔다. 아내는 도시락 배달 자원봉사를 시작했다고 했다. 도시락을 배달받는 사람 중에 말을 하지 않는 사람이 있다는 말도 했었다. 말을 하지 못하는 사람이 아니라 하지 않는 사람이라고 했다. 대신 방에 책이 많아. 제목만 봐서는 무슨 책인지 알 수 없는 책들이라고, 자신이 읽어본 책은 한 권도 없었다고도 했다. 그리고 이렇게 덧붙였다. 당신도 읽어본 적 없는 책들일 거야. 그는 아내의 말에서 어떤 의도를 느꼈다. 책이라고는 보험약관밖에 안 읽는 당신하고는 다른 사람이야, 라는 말을 뼈처럼 숨겨두었다는 것을 알 수 있었다. 그는 그딴 말에는 아무런 감정이 생기지 않는다는 듯 큰 소리로 말했다.

"먹는 기능은 되고 말하는 기능을 상실한 것이라면 지급률 80퍼센트군!"

말을 하지 않는 그 사람이 마치 보험이라도 들어놓은 것처럼 말했다. 그리고는 고의적인 경우라면 보험금 미지급 사유에 해당하겠지만, 이라고 덧붙였다. 아내는 그런 그를 보며 한쪽 입꼬리를 올리면서 고개를 저었다. 그는 벽에 걸린 시계를 올려다보았다. 아내의 외출 시간이 평소보다 일렀다.

"오늘은 김치를 담가야 하거든."

아내는 그가 무슨 생각을 하고 있는지 다 알고 있다는 듯 묻지도 않은 말에 대답을 했다.

“김장김치 질릴 때가 됐잖아.”

아내는 도시락 반찬에 신경을 많이 썼다. 문득 그는 조금 전에 먹었던 찌개, 어제 먹던 것이 남아서 데워서 내놓았다는, 버리기 아까워 아무렇게나 식탁에 올렸던 찌개가 떠올랐다. 그는 받아야 할 대접을 제대로 받지 못한 것 같아서 울컥 화가 치밀었다. 아내를 쏘아보았다.

“왜? 무슨 할 말 있어?”

그의 눈길을 느낀 아내가 물었다. 그는 대답 대신 고개를 돌려버렸다. 찌개에 대한 생각이나 하고 있었다는 것을 아내에게 들키고 싶지는 않았다. 아내가 신발을 신는 소리에 그는 슬쩍 얼굴을 들어 아내를 훑어보았다. 도시락 배달 봉사를 하기에는 걸리적거리겠다 싶은 옷차림이었다. 종아리 중간 부분까지 내려오는 길이에 폭이 넓은 편이긴 했지만 그래도 스커트를 입고 배달 봉사를 하다니. 목에 두른 스카프도 너무 치렁치렁해서 카페에 커피를 마시러 갈 때나 어울릴 법했다. 그는 미간에 주름이 잡힐 정도로 인상을 썼다.

“나, 가!”

아내가 나가고 문 닫히는 소리와 함께 자동잠금장치 소리가 들렸다. 나간 건 아내인데 오히려 그가 밖으로 쫓겨난 기분이 들었다. 아내는 제대로 먹지 못하는 독거노인들을 위해 봉사를 하러 나가는 것뿐인데 그는 그것 때문에 속이 들끓었고 버림받은 기분이 들었다.

*

그녀가 도시락을 배달해주는 대상은 '비석마을'에 사는 독거노인들이었다. 공씨도 그중 한 명이었다. 비석마을이라고 불리는 이곳은 번연히 도시에 존재하면서도 도시의 동네다운 이름조차 부여받지 못한 동네였다. 한때 공동묘지였던 곳에 사람들이 하나둘 들어와 살기 시작하면서 집과 무덤이 공존하기 시작했다는 전설 같은 이야기를 품은 마을이었다. 무덤을 깎아 집을 지은 뒤에도 무덤 옆에 있던 비석들은 그대로 두었기 때문에 대문 옆에 비석이 서 있는 집이 많았다. 그녀는 대문 옆에 서 있는 비석을 한참 동안 보고 서 있었다. 주인의 이름이 적힌 문패가 아닌, 죽은 자의 이름이 새겨진 비석이 서 있는 집의 문을 열고 들어갈 엄두가 나지 않았기 때문이었다.

골목에 늘어선 비슷한 집들 중에서 공씨의 집을 찾느라 헤매기도 했지만 비석 앞에서 또 한동안 머뭇거리느라 막상 공씨 앞에 도시락을 펼쳐놓았을 땐 밥도 국도 다 식어버린 뒤였다. 늦어서 죄송해요. 배고프시죠? 그녀는 급히 도시락을 펼쳤다. 그때 공씨가 아픕니다, 라고 말했다. 난데없는 말에 그녀는 도시락을 펼치다 말고 불안한 눈빛으로 공씨를 살폈다. 아프다고요? 어디가 어떻게 아파요? 늦게 온 자신 때문에 끼니때를 놓친 공씨의 몸에 이상이 생긴 것은 아닌가 싶어 신경이 곤두섰다. 어디가 어떻게 아픈 거냐고 다시 물었다. 하지만 공씨는 아무 대답이 없었다. 멍한 눈으로 벽을 바라볼 뿐이었다. 그때, 공씨의 배에서 꼬르륵 소리가 났다. 그녀는 그제야 고픕니다, 라는 말을 아픕니다, 로 잘못 들었다는 것을 알아챘다.

그녀는 안도의 한숨을 내쉬며 도시락을 펼쳐 공씨 앞에 내놓았다. 강낭콩이 들어간 흰밥, 감자와 고기를 넣은 맑은국, 달걀 물을 입힌 흰 살 생선전 몇 점, 버섯을 넣은 채소볶음, 그리고 무김치와 배추김치. 공씨는 한동안 음식들을 물끄러미 바라보기만 했다. 음식이 마음에 들지 않는 것일까. 그녀는 긴장된 마음으로 공씨를 바라보았다. 아픕니다. 한참 동안 가만히 있던 공씨가 숟가락을 집어 들며 말했다. 그녀는 흠칫 놀라며 공씨를 바라보았다. 잘못 들은 게 아니었다. 분명 공씨는 아픕니다, 라고 말했다. 공씨는 숟가락으로 밥과 반찬을 떠먹기 시작했다.

살집이라고는 없는 마르고 검은 손, 공씨의 손은 마치 기름칠을 해놓은 가죽 같았다. 숟가락을 쥐자 가죽 밖으로 툭툭 핏줄이 불거졌다. 공씨는 손에 힘을 꽉 주고 숟가락질을 했다. 하지만 뜻대로 되지 않는 듯했다. 반찬들을 제대로 뜨지 못해 흘리는 것이 더 많았다. 그래도 공씨의 숟가락질은 집요했다. 긴 시간을 들여 밥과 반찬을 떠서 입안에 넣는 작업이 반복되었고 그럴 때마다 흘리는 음식도 늘어났다. 공씨는 입안에 든 음식을 채 삼키기도 전에 다른 음식을 입안에 넣었다. 살집 없이 쑥 들어가 있던 볼이 불룩해지는 것을 보며 그녀가 젓가락으로 생선전을 집어 공씨의 숟가락 위에 올려주었다. 공씨는 그녀가 올려주는 반찬을 잘 받아먹었다. 생선전이 이토록 맛난 음식이었나. 그녀는 공씨의 모습을 보면서 침을 꼴깍 삼켰다.

밥과 국, 생선전과 채소볶음 그리고 무김치와 배추김치 모두 그녀를 포함한 자원봉사자들이 재료를 준비하고 조리한 음식들이었다. 이 음식들을 만드는 일련의 과정에서 그녀는 한 번도 먹고 싶다는 생각을 한 적이 없었다. 간조차 보지 않았다. 그런데 입이 미어지게 먹고 있는 공씨를 보자 갑자기 이 평범한 음식이 그 어떤 것보다 특별한 음식처럼 느껴졌다. 그녀는 공씨의 숟가락에 반찬을 올려주면서 슬쩍 집어먹고 싶은 생각이 들었지만 꾹 참았다. 공씨의 나이가 몇 살이라고 했지? 그녀는 음식에 대한 생각을 잊어버리기 위해서 다른 생각을 했다. 행정복지센터에서 보여준 서류에서 공씨의 인적사항을 확인했지만 기억이 잘 나지 않았다. 공씨는 그녀가 알고 있는 어떤 사람보다 늙어 보였다. 백 살이 넘었다고 해도, 이백 살이 넘었다고 해도 믿을 만큼 늙어 보였다. 성한 이도 남아 있지 않은 듯했다. 밥과 반찬을 입에 넣고 몇 번 우물거리다가 삼켜버리는 것도 다 성치 않은 이 때문인 것 같았다. 저렇게 씹지도 않고 삼키면 속이 편할 리 없을 텐데. 그 순간, 어쩌면 고픈 것과 아픈 것은 동의어가 아닐까, 하는 생각이 들었다.

처음부터 공씨의 집에만 배달을 간 것은 아니었다. 하루에 몇 군데를 정해두고, 한 집에 도시락을 전한 뒤 곧장 다른 집으로 가는 것이 보통이었다. 말동무도 해드리고 집안일도 해드리다 보니 시간이 오래 걸리네요. 외롭게 지내는 분이잖아요. 그녀는 다른 자원봉사자들에게 이렇게 말했다. 공씨만 외로운 것은 아니었지만 유독 그가 더 외로움을 탄다는 식으로 말했다. 그리고는 배달하는 집을 줄여 공씨 집에서 더 오래 머물렀고 나중에는 공씨 집에만 배달을 갔다. 그녀는 공씨의 식사를 돕고 방을 청소하고 빨래를 하고 설거지를 했다. 커피를 타주고 텔레비전을 같이 보면서 시간을 보냈다. 처음에는 공씨가 불편해하지 않을까, 혹은 그녀가 호감을 표시하는 걸로 착각할까 봐 눈치를 살폈지만 이내 그런 걱정은 할 필요가 없다는 걸 알게 되었다. 공씨는 그녀를 전혀 의식하지 않는 듯했다. 그녀는 방 안에 있는 책들을 뒤적이며 공씨에게 말했다.

"책에서 읽은 것들을 말해주세요. 이렇게 책을 많이 읽었다면 말해줄 게 많겠죠?"

공씨는 아무 대답이 없었다. 그래도 그녀는 계속 질문했다. 전에는 어떤 말들을 했나요? 누구에게 무슨 말을 했는지 기억나요? 결혼은 했는지, 자식은 있는지, 왜 혼자 사는지, 왜 아무 말도 하지 않는 것인지, 내가 누군지 아는지, 내가 왜 여기서 하루를 보내고 있는지 아는지. 질문은 또 다른 질문으로 이어졌다. 그리고 그녀는 마치 대답이 적힌 책이라도 읽는 것처럼 공씨 곁에 앉아 벽을 바라보았다.

한 줄기 햇살이 벽에 긴 선을 그리고 있는 것이 보였다. 벌어진 문틈으로 들어온 주황색 햇살이었다. 그녀는 무심하게 빛줄기를 바라보다가 빛의 선 위에 손을 갖다 댔다. 그녀의 손등에 한 줄기 밝은 부분이 생겨났다. 그녀는 손등을 보고 있다가 불현듯 뭔가를 낚아채듯이 주먹을 꽉 움켜쥐었다. 물 속에서 맨손으로 물고기를 잡을 때처럼 재빠른 손놀림이었다. 그녀는 몇 번이고 손을 폈다가 움켜쥐고 또 손을 폈다 움켜쥐면서 빛을 잡아채려고 시도했다. 하지만 곧 무모한 짓이라는 것을 깨달았다.

왜 공씨였나? 그건 침묵, 그것 때문이었다. 공씨가 하는 말은 아픕니다, 라는 말뿐이었다. 하루 종일 아무 말도 하지 않는 것은 남편과 같았지만 공씨의 침묵은 남편의 그것과는 달

랐다. 말도 하는 사람에 따라 뉘앙스가 다르듯이 침묵도 사람
마다 다를 수 있다는 것을 알게 되었다. 공씨의 침묵은 고요
했다. 남편의 꾹 다문 입은 많은 말을 한꺼번에 다 하지 못해
애를 태우는 것처럼 보였다면 공씨의 말 없음은 전혀 다른 것
이었다. 공씨의 말 없음은 그녀에게 안도감을 주었다. 하루를
쭉 늘어놓고 보면 그녀가 공씨를 전적으로 케어하고 있는 것
처럼 보이지만 실제로는 그녀가 공씨에게 기대고 있었다.

공씨는 하루 종일 벽을 바라보았다. 그곳에는 사각형이 겹
쳐진 채 이어지는 연속무늬의 벽지가 있을 뿐이었다. 저 사각
형의 프레임 안에 뭔가가 숨어 있는 것일까? 공씨는 하루 종
일 저 사각형을 보면서 무엇을 찾는 것일까? 그녀는 눈을 가
늘게 뜨고 벽지를 응시했다. 한참 동안 노려보자 눈이 시큰하
게 아파왔고 눈물이 고였다. 젖은 눈으로 공씨를 보았다. 공
씨의 눈동자가 옆으로 조금씩 움직이고 있었다. 그 순간, 어
쩌면 공씨는 벽에서 무언가를 찾고 있는 것이 아니라 벽을 읽
고 있는 중인지도 모른다는 생각이 들었다. 말 없음으로 대화
를 하듯이 글자 없는 책을 읽고 있는 중이라고. 그녀는 조용
히 뒤로 물러나 앉았다. 공씨의 독서를 방해해서는 안 될 것
같았기 때문이다. 그리고 진심을 다해 말했다.

"다 읽고 나면 무슨 내용인지 얘기해주세요."

그녀는 공씨가 읽은 것들을 알고 싶었다. 남편이 읽고 있는

보험약관에는 나오지 않는, 삶을 사고(事故)가 아닌 다른 것
으로 이해할 수 있는 '진짜' 방법들이 공씨의 책에는 있을 것
같았다. 그녀는 조용히 앉아 그의 독서가 끝나기를 기다렸다.

*

아내가 집을 나서자마자 그는 서둘러 옷을 갈아입었다. 입
은 옷에 외투만 걸쳐도 되었지만 그는 양복으로 갈아입고 넥
타이까지 맸다. 그 위에 출근할 때 입던 외투를 걸치고 아내
를 뒤쫓아 나갔다. 아내가 행정복지센터 안으로 들어가는 것
을 확인한 그는 센터 맞은편에 있는 분식집으로 들어갔다. 아
내가 나올 때까지 기다릴 만한 장소가 마땅치 않아 어쩔 수
없이 들어간 곳이었다. 오전 이른 시간에 문을 연 곳은 학생
들을 대상으로 떡볶이나 튀김 등을 파는 분식집뿐이었고 그
마저도 앉아서 먹을 만한 테이블은 달랑 하나밖에 없었다.
"서서 먹으면 돼요. 아무거나 골라서 먹고 개수만큼 계산하
면 됩니다."
앞치마를 두른 주인 여자가 테이블에 앉는 그를 보며 퉁명
스럽게 말했다.
"앉아서 먹으면 안 됩니까?"
그도 밀리지 않겠다는 듯이 강한 어조로 말했다. 손님한테

이렇게 무례하게 굴다니, 저러니 이런 작은 구멍가게나 하는 것이라고 속으로 중얼거렸다. 그가 다니던 회사에서는 한 달에 한 번씩 전문가를 불러 친절 특강을 실시했다. 교육이 끝나면 모두가 일어나서 구호를 외쳤다. "옳은 말이라도 친절하게 하지 않으면 틀린 말만 못하다. 작지만 강력한 힘! 친절의 힘!" 그는 주인 여자에게 친절 교육에서 배웠던 것들을 가르쳐주고 싶었다.

"여기에 골라 담으면 됩니다."

주인 여자가 비닐 팩을 씌운 플라스틱 접시를 그에게 내밀었다. 접시에 튀김이든 떡볶이든 먹을 만큼 담아서 먹은 뒤 계산을 하면 된다는 것이다. 먹을 것도 직접 담고 몇 개를 먹었는지도 손님이 직접 알려줘야 하는 시스템이었다. 주인 여자는 음식만 만들면 되는 주인 위주의 시스템. 그는 이 가게의 무례한 운영 방식이 마음에 들지 않았고 주인 여자의 말투도 거슬렸다. 그는 모든 것에 조금씩 화가 났다.

떡볶이와 튀김을 접시에 담아 테이블에 올려놓고 자리에 앉았다. 고추장 양념이 묻은 튀김과 기름기가 묻은 떡볶이를 아무리 천천히 먹어도 아내는 나오지 않았다. 주인 여자가 떡볶이를 뒤적이면서 그를 훑어보았다. 그는 양복으로 갈아입고 나오기를 잘했다는 생각이 들었다. 너무 바빠서 이제야 겨우 분식으로 아침을 해결하는 직장인으로 보이겠지. 그는 튀김을 베어 먹고 바깥쪽으로 시선을 돌렸다. 그때, 행정복지센터 문이 열리면서 아내가 나왔다. 아내의 손에 도시락으로 보이는 물건이 쥐어져 있었다. 놓쳐서도 안 되지만 눈치를 챌 만큼 바짝 붙어서도 안 된다.

그는 언제쯤 분식집을 나서는 것이 좋을지 신중하게 살폈다. 아내와 비슷한 나이로 보이는 여자 서넛이 센터 앞에서 인사를 나누고는 각자 다른 방향으로 흩어졌다. 아내는 큰길을 따라 조금 걷다가 오른쪽으로 꺾어 들어갔다. 그는 아내가 방향을 꺾는 것까지 지켜본 뒤 분식집을 나섰다. 아내가 비석마을로 간다는 것은 알고 있었다. 비석마을이라면 그도 아는 곳이었다. 가본 적은 없지만 이름만큼은 알고 있었고 걸어서 갈 수 있을 정도로 가까운 곳이라는 것도 알았다.

아내는 천천히 걸었다. 초등학교 건물을 지나 사오층짜리 빌라들이 쭉 늘어선 오르막길을 따라 올라갔다. 오르막의 경사가 심해서 올라가는 차들이 액셀러레이터를 깊게 밟는 소리가 들렸다. 아내가 미용실 앞에 멈춰 서서 숨을 고르는 것이 보였다. 아내는 주먹으로 가볍게 무릎을 몇 번 치고는 손등으로 이마를 닦았다. 그리고 미용실 유리에 얼굴을 비춰보았다. 잠깐 머리를 매만진 아내는 다시 걷기 시작했다. 오르막이 끝났다 싶었을 때 아내의 모습이 갑자기 사라졌다. 그는 급히 아내가 사라진 곳으로 뛰어 올라갔다. 오르막의 끝에서

기역자로 길이 꺾였고 거기서부터 새로운 골목이 시작되고 있었다. 그가 골목 초입에 섰을 때 아내가 바로 지척에서 걸어가고 있었다. 그는 깜짝 놀라 급히 몸을 숨겼다.

그는 바짝 긴장하고 다시 아내의 뒤를 밟았다. 골목을 걸어가던 아내가 어느 집 앞에 멈춰 서는 게 보였다. 아내는 집으로 바로 들어가지 않고 문 앞에 서 있었다. 한참이 지난 뒤에야 아내는 문을 열고 안으로 들어갔다. 그는 살금살금 아내가 들어간 집 앞으로 다가갔다. 비석이었다. 아내는 문 옆에 세워진 비석을 보고 서 있었나 보았다. 이 마을이 비석마을이라는 것을 알면서도 집 앞에 비석이 서 있는 것을 보니 당혹감이 밀려들었다. 문패 앞에서는 안 그런데 왜 비석 앞에서는 고개를 숙이게 될까? 아내가 했던 말이 떠올랐다. 죽음을 생각할 나이가 돼서 그래. 그는 그때 아내의 말에 이렇게 대답했다. 하지만 그건 거짓말이었다. 그는 죽음을 생각하지 않았다. 오히려 반대였다. 이런 한창나이에 주변으로 밀려나다니, 그는 허공에 대고 고함이라도 치고 싶은 심정이었다. 아내가 그의 말에 반박해줬으면 했다. 당신 아직 젊어, 뭐든지 시작할 수 있는 나이야. 이 정도의 말이라면 힘이 될 것 같았다. 하지만 아내는 그런가? 그렇지! 우리 참 오래 살았지? 하고 말했다. 그 말을 할 때의 아내는 나이보다 훨씬 늙어 보였다.

그는 문에 귀를 댔다. 아무 소리도 들리지 않았다. 그는 골목 끝에 몸을 숨기고 아내가 나오기만을 기다렸다. 아내는 좀체 나오지 않았다. 도시락을 먹고도 남을 시간이 흘렀다. 그는 더는 서 있을 수가 없어 쪼그려 앉았다. 다리에 쥐가 났다. 그는 앉았다 일어섰다를 반복하면서 아내가 들어간 집을 지켜보았다.

점심때가 지났지만 아내는 나오지 않았다. 그는 문 쪽으로 달려갔다. 주먹으로 문을 쾅쾅 치고 싶은 것을 억지로 참으며 다시 숨었던 곳으로 되돌아왔다. 속이 부글부글 끓어올랐다. 그는 심호흡을 하며 쥐가 난 다리를 주물렀다. 한참이 지난 뒤 아내가 나올 때까지 그는 같은 행동을 반복했다.

그의 얼굴은 더운 열기로 벌겋게 달아올라 있었다. 아내가 그 집에서 나온 시간은 평소에 아내가 귀가하던 시간과 비슷했다. 그렇다면 아내는 지금까지 이 한 집에만 도시락 배달을 한 것인가. 저 안에 도대체 누가 있단 말인가. 아내의 말대로라면 말을 하지 않는 독거노인이 있을 텐데. 도대체 아내는 저 안에서 뭘 했단 말인가. 아내는 들어갈 때처럼 문을 열고 나왔을 때도 문 옆에 서 있는 비석을 가만히 쓰다듬으면서 서 있었다. 마치 가까운 사람의 무덤에 다니러 온 사람처럼 보였다. 아내는 골목길을 빠르게 걸어 나갔다. 빈 도시락통이 아내의 다리를 통통 쳤다. 아내를 따라가던 그가 갑자기 걸음을 멈췄다. 도대체 안에 누가 있는 거야? 그는 돌아서서 아내가 나왔던 집을 향해 걸어갔다.

　그녀는 남편에게 공씨의 죽음에 대해 말하지 않았다. 도시락에 들어갈 음식 조리만 할 뿐 더는 도시락 배달을 하지 않는다는 말도 하지 않았다. 그녀는 매일 도시락을 들고 빈방에 갔다. 그리고 그 방에 앉아 공씨를 생각했다. 공씨를 위해 준비해 간 도시락을 먹고 공씨가 했던 것처럼 벽의 무늬를 읽으며 하루를 보냈다. 공씨를 떠올리면 지상에 젊지 않은 사람은 아무도 없는 듯했다. 백 살도 더 된, 이백 살도 넘은 듯한 공씨에게 사람들이 말하는 '죽음'이란 게 무슨 의미가 있을까. 그녀는 그렇게 생각했지만 흐르는 눈물을 막을 수는 없었다. 그녀가 기대고 있던 하나의 세계가 사라져버린 것 같았다.

　공씨가 살았던 집은 곧 철거될 거라고 했다. 마을 전체가 재개발되어 대단지 아파트가 들어설 예정이라는 말을 행정복지센터에서 들었다. 철거 계획을 알게 된 후 그녀는 공씨 집에 더 오래 머물렀다. 그녀는 빈방에 앉아 점심을 먹고 공씨의 책들을 정리해 박스에 담았다. 공씨가 죽은 뒤 집주인은 사람을 불러 공씨의 물건을 일괄 처리해버리려고 했다. 그녀는 집주인에게 책만큼은 자기에게 달라고 부탁했다. 집주인은 빠른 시간 안에 치운다는 조건으로 허락해주었다. 다른 물건들이 다 빠져나간 방에는 책만 남았다.

그녀는 날마다 빈방에 들러 책을 정리했다. 한 권 한 권 펼쳐볼 때마다 공씨가 읽지 않은 책은 없다는 것을 알 수 있었다. 지그시 눌린 흔적과 접힌 자국, 곳곳에 묻은 손때, 그리고 밑줄과 메모들. 그녀는 깨끗한 책들을 박스에 담아 구립도서관과 마을 도서관에 보냈다. 그리고 낡았지만 버리기 아까운 것들은 문밖에 내놓았다. 지나가는 사람들이 가지고 가서 읽기를 바라는 마음으로. 그리고 마지막으로 남은 책들을 작은 박스에 담고 겉면에 그녀의 집 주소를 적었다. 그것으로 끝이었다. 책 정리가 다 끝난 뒤 그녀는 빈방을 나섰다. 언젠가 다시 찾아오면 이 방과 마을은 사라지고 없을 것이다. 그녀는 뒤돌아보고 싶은 마음을 억누르며 빠른 걸음으로 골목을 빠져나갔다. 빈 도시락통이 다리를 퉁퉁 칠 때마다 눈물이 났다.

*

아내가 골목을 빠져나간 것을 확인하고 다시 돌아가 그 집 앞에 닿았을 때 그는 망설이지 않았다. 이미 아내를 기다리면서 오랫동안 망설인 뒤였다. 그는 노크도 없이 문을 열었다. 문은 쉽게 열렸다. 거침없이 발을 들이밀었다. 하지만 곧 멈칫했다. 문은 대문이자 현관문이었고 동시에 방문이었다. 문을 열고 들어서면 신발을 벗을 수 있는 작은 공간 위로 바로 방이 이어지는 구조였다. 그는 뜻밖의 구조에 당황하며 선뜻 들어서지 못하고 머뭇거렸다. 남의 집 대문을 들어서는 것과 방으로 들어서는 것은 전혀 다른 일이니까. 그는 조심스럽게 몸을 기울여 방 안을 살폈다. 빈방이었다. 아무도 없었다. 그는 자신의 눈을 의심했지만 분명 방은 텅 비어 있었다. 말을 하지 못하는 게 아니라 하지 않는 사람이야. 책이 정말 많아. 그 많은 책을 다 읽었다니 대단하지 않아? 하고 아내가 말했는데 책도 사람도 보이지 않았다.

그는 신발을 벗고 방으로 들어섰다. 마음속을 표류하고 있던 타인의 집이라는, 남의 방이라는 생각은 점점 희미해졌고 대신 아내가 머물렀던 집이 여기가 맞는지 의구심이 들었다. 방 한쪽에 눈에 익은 스카프가 보였다. 아내의 것이었다. 아내가 여기에 머물렀던 것은 확실해 보였다. '도대체 여기서 뭘 한 것일까?' 그는 아내가 여기서 무엇을 했는지 궁금했지만 그것보다는 아무도 없는 빈방이라는 사실에, 어떤 남자와 함께 있지 않았다는 사실에 안도감을 느꼈다. 그는 최악의 경우까지 생각했었다. '말을 하지 못하는 게 아니라 하지 않는 남자'와 '아내'의 관계. 누군가 있을 줄 알았던 방이 빈방이었음을 확인한 순간, 그는 참았던 숨을 길게 내뱉었다. 안도감과 부끄러움이 동시에 밀려들었다.

그는 뜨거워진 얼굴을 손바닥으로 비비듯이 쓸었다. 그러자 열기가 손바닥을 통해 온몸으로 번져나갔고 다리에 힘이 풀렸다. 그대로 자리에 털썩 주저앉았다. 그제야 방을 둘러볼 생각이 들었다. 아무런 소리, 아무런 감각도 느껴지지 않는 공간. 낯설었다. 시간이 지날수록 아무것도 없는 곳에서 아무것도 하지 않고 보내는 이 시간이, 이 무감각이 너무 낯설어서 그는 뭐든 하지 않고는 견딜 수가 없었다. 코트 주머니에서 보험약관을 꺼냈다. 그는 어디를 가든 주머니에 보험약관을 넣어 다녔다. 그는 보험약관의 아무 페이지나 펼쳤다. 하지만 읽을 수가 없었다. 안경을 가져오지 않았기 때문이었다. 안경 없이는 수많은 글자들이 아무 의미가 없었다.

그는 보험약관을 옆에 내려놓았다. 목을 압박하는 넥타이도 풀어서 보험약관 위에 올려두었다. 해방감이 느껴졌다. 동시에 꽉 붙잡고 있던 중요한 것을 놓쳐버린 것 같은 허전함도 밀려들었다. 처음 보험회사에 들어가 영업을 시작했을 때 그는 한동안 낯선 사람들 앞에 보험 팸플릿을 꺼내놓지 못했다. 앞에 앉은 사람은 뻔히 그가 무엇을 하려는지 알고 있는데 오히려 그는 자신이 할 일이 그게 아니라는 듯 딴청을 피웠다. 그는 사람들을 만날 때마다 이렇게 되뇌었다. '당신에게 좋은 것을 알려드리려는 것입니다. 나는 지금 당신에게 도움이 되는 일을 하고 있습니다.' 그렇게 다짐해도 끝내 팸플릿을 펼치지 못한 채 식어버린 커피를 그대로 두고 자리에서 일어나기를 반복했다. 거절당할 것이 두려웠다. 사람들에게 외면당한 채 지구 밖으로 밀려날까 봐 무서웠다. 그는 퇴직을 한 뒤 아내에게 보험영업을 하고 있다는 기분이 들었다. 무언가를 말하려고 하다가도 제대로 말이 나오지 않아 입을 다물어버린 나날들.

얼마나 그렇게 앉아 있었을까. 어둠이 내려 방 안이 캄캄해졌다. 그는 천천히 일어나 방을 나섰다. 신발을 신으려고 할 때 작은 상자 하나가 눈에 들어왔다. 들어올 땐 미처 보지 못한 것이었다. 문틈으로 스며드는 달빛 쪽으로 상자를 옮기자 그 위에 커다랗게 적힌 글자가 보였다. 아내의 글씨체였고, 거기 자신의 집 주소가 적혀 있었다. 허리를 굽혀 박스를 열었다. 책이었다. 닳고 닳아 글자조차 보이지 않는 책, 너덜너덜하게 표지가 찢어진 책, 음식 국물이 흘러 지저분하게 변색된 책. 그런 책들이 대여섯 권 남짓 들어 있었다. 왜 이런 책을…… 왜 우리 집 주소를 여기에…… 그 순간 그의 안에서 쿵, 하는 소리가 들렸다. 아내가 무엇을 봉하고 싶었는지, 아무도 배달해주지 않을 것을 알면서도 왜 집 주소를 적어놓은 것인지 어렴풋이나마 알 것 같았다.

아무도 읽지 않을 책, 아무도 궁금해하지 않을 내용, 아무

도 기다리지 않을 택배. 그 상자가 꼭 그와 아내의 모습 같았
다. 누군가는 이것이야말로 예정된 결말이라고 할 것이다. 세
월이 흐르면 늙고 낡을 수밖에 없는 이치, 마침내 아무도 기
다리지 않는 빈집에 혼자 남겨질 것이라는 결말. 하지만 낡은
표지를 펼칠 때, 이미 다 읽어 아무것도 궁금하지 않은 책장
을 다시 넘길 때, 어쩌면 그 순간 예정된 결말이 아니라 '새롭
지 않은 시작'이 다시 시작될 수도 있지 않을까, 하는 생각이
들었다. 중요한 지점에 밑줄이 그어진 책을 다시 읽어보면 그
때는 알지 못했던 의미를 읽어낼 수 있지 않을까, 하는 생각
도. 한동안 상자를 물끄러미 바라보던 그는 방에 놓아둔 보험
약관과 넥타이를 가져와 상자에 넣었다. 그리고 원래 있던 자
리로 옮겨놓은 뒤 빈집을 나섰다.

가티

얇게 덮어놓은 흙을 걷어내자 그 아래 인골 하나가 더 놓여 있었다. 유구에서는 총 다섯 구의 인골이 발견되었는데 그중 두 구가 위아래로 포개져 있었다. 발굴이 시작되었을 때 이미 도굴의 흔적이 있었기 때문에 발굴팀 내에서도 진귀한 유물에 대한 기대는 거의 없는 듯했다. 그들의 예상대로 유구 안에서 수습한 유물은 깨진 토기 몇 점이 전부였다. 피장자의 인골마저도 도굴꾼의 발길에 차이고 밟혀 부서지고 망가져 있었다. 제자리에 놓여 있어야 할 뼈가 여기저기 흩어져 있었는데 다리뼈가 어깨뼈 옆에 놓여 있는 식이었다.

발굴팀과 참관인들의 입에서 허탈한 한숨이 새 나왔다. 그래도 뭔가 있지 않을까, 했던 표정은 사라졌고 아예 유구를 등지고 서서 자기들끼리 잡담을 나누기도 했다. 멀리 시선을 보내자 넓은 평야가 눈에 들어왔다. 녹색 물결이 끝없이 펼쳐져 있었다. 쨍한 햇살이 뜨거웠지만 곡식이 익기에는 좋은 날씨였다. 저곳이 바다였다니, 믿을 수 없었지만 논에서 목선한 척이 발견되어 바다였음을 증명했던 적이 있었다.

발굴에 대해서는 얼마 전 신문 기사를 통해 알게 되었다. 공원 내 숲 조성 사업을 하던 중 주차장 부지에서 깨진 토기 조각이 발견되었고, 즉시 숲 조성 사업은 중단되고 발굴팀이 꾸려졌다는 내용이었다. 무심코 지나쳤던 기사를 다시 떠올리게 된 것은 죽음에 대한 특집프로그램 때문이었다. 일 년에 한 번 빠지지 않고 특집프로그램을 만들어온 지 수년째였다. 무슨 까닭으로 힘들고 돈도 안 되는 그런 프로그램을 기획하는 것이냐는 질문을 여러 번 받았지만 정확한 답을 한 적은 없었다. 다만 아예 대답을 하지 않을 수는 없어서 그저 보람이다, 라고만 말했는데 나중에는 그 말이 진짜 내 마음인 것 같았다. 방송위원회에서 지원하는 돈은 한정되어 있었기 때문에 프로그램 제작에 여러 가지로 어려움이 따랐다. 출장도 마음대로 갈 수 없었고 진행자도 원하는 사람을 선택할 수 없었다. 팀원에게 배분되는 페이도 얼마 되지 않아서 노력에 비한다면 턱없는 보상이었다. 그래도 늘 하던 사람들이 때에 맞쳐 모여들었다. 모두 말은 하지 않았지만 비슷한 심정이었을 것이다. 이해관계에서 놓여나 누군가의 입맛을 좇아 프로그램을 만들지 않아도 된다는 해방감, 그것을 맛보고 싶은 것이었다. 그러니 보람, 이라는 말은 아주 틀린 말이 아니었고 썩 마음에 드는 단어이기도 했다.

무심코 지나쳤던 발굴 기사를 다시 검색해서 읽다가 엄마가 누운 침상을 올려다보았다. 사 년이 넘어가고 있었다. 사 년 전 갑자기 쓰러진 엄마는 지금까지 일어나지 못하고 있었다. 누운 채로 늙어가는 엄마, 이대로 죽을 수도 있는 엄마, 죽었다고도 살았다고도 할 수 없는 엄마.

—아직 태어나지 않은 것을 두려워하지 않는 것처럼 죽음 이후도 두려워할 것 없다고 말한다면, 그렇죠? 그저 말장난에 불과하겠죠?

'두렵지 않은 죽음'이라는 의견을 낸 사람은 수진이었다. 아무래도 어설픈 생각이죠, 선배? 수진은 해서는 안 될 말을 한 사람처럼 조심스럽게 중얼거렸다. 아마도 퍼뜩 떠오른 아이디어를 말해놓고는 뒤늦게 내 상황이 떠올라 괜한 말을 했다고 자책했으리라. 엄마가 쓰러진 뒤로 내가 어떤 시간을 보내왔는지 가장 가까이서 지켜본 사람이 수진이었다. 서브 작가로 시작해 어느덧 프로그램 두 개를 맡을 정도의 메인 작가가 되었지만 여전히 내 앞에서는 서브 작가였던 때와 똑같이 조심스럽게 행동했다. 수진이 메인 작가가 된 뒤로는 각자 일이 바빴기 때문에 자주 만날 수 없었다. 하지만 일 년에 한 번 특집프로그램을 할 때면 어김없이 팀에 합류했고 그때만큼은 예전처럼 서브 작가 역할을 했다.

—여전하시죠?

제작 회의를 마친 뒤 수진이 내게 다가왔다. 사 년 넘게 누워 있는 엄마를 지켜보면서 단 하루도 죽음을 떠올리지 않은 날이 없었다. 엄마가 죽을까 봐 두려웠고 아주 오랫동안 이대로 살까 봐 두려웠고 이런 생각을 하는 내가 미워서 죽고 싶었다. 이번 특집프로그램의 주제가 '죽음'이라는 것을 알았을 때 수진은 놀랐을 것이다. 매일 죽음을 원하고 또 원하지 않으면서 죽음이라는 주제를 가지고 태연하게 프로그램을 만들 수 있을지 걱정이 되었을 것이다. 그런 수진에게 나는 괜찮다는 듯 무심한 표정을 지어 보였다. 하지만 그날 밤, 엄마의 병상 옆에 접이식 침대를 펴고 누웠을 때 두려움 없는 죽음이라는 말을 되뇌며 긴 시간 뒤척였다. 그러다가 발굴 기사를 떠올렸고, 눈으로 볼 수 있는 죽음이 있다면 직접 목도하고 싶다는 열망에 휩싸였다. 곧 발굴 지역으로 향했다.

문화재연구원에서 조사에 착수하고 얼마 지나지 않아 덧널무덤 다섯 기와 구덩식돌덧널무덤 한 기가 발견되었는데 그중 4호 덧널무덤에서 다섯 구의 인골이 발견되었다. 한 무덤

안에 여럿이 묻힌 것이라면 순장자일 확률이 높았다. 도굴꾼에 의해 뼈가 손상되긴 했지만 어떤 자세로 어떤 위치에 묻혔는지는 알 수 있었다. 주 피장자의 발치와 손 근처에 놓인 인골은 죽음 이후의 세계에서도 주인을 위해 봉사하겠다는 의미를 우리에게 전달하고 있었다. 키 150센티미터 정도의 여성은 주인의 발치에, 사슴뿔 장식의 칼과 함께 발견된 남성은 주인의 손 근처에 위치하고 있었다. 남자는 사후에도 주인을 지키기 위해 무장을 한 것이리라. 저들은 바다를 보았을까. 유구에서 인골로 발견된 사람들은 저곳이 평야가 아닌 바다였던 시대를 살았을지도 모를 일이다.

　한동안 평야를 바라보다가 돌아서서 다시 유구 쪽으로 다가갔다. 유구 안에서는 뼈에 묻은 흙을 작은 솔로 일일이 털어내는 작업이 진행 중이었다. 천년도 더 넘었다는 사실 때문일까. 사람의 뼈를 보면서도 으스스한 느낌은 들지 않았다. 문득 뼈를 만져보고 싶었다. 갈비뼈와 팔다리뼈, 손가락뼈와 발가락뼈까지 일일이 만져보고 싶었다. 가능하다면 악수를 하듯 손을 맞잡고 싶었다. 내 몸의 구조와 똑같은 오래전의 그들을 안아보고 싶었다. 꼭 안으면 내 귀에 대고 무슨 말인가를 해주지 않을까. 그때였다. 뼈를 수습하던 발굴단원이 쇳소리에 가까운 비명을 질렀다.

　―아래, 이 아래……

발굴단원의 목소리에 사람들이 유구 쪽으로 모여들었다. 주 피장자를 완전히 수습하고 나자, 그 아래 인골 하나가 더 놓여 있었던 것이다. 주 피장자의 뼈가 부서지고 망가진 것에 비한다면 그 아래 묻힌 인골은 놀랍도록 깨끗했다. 위에 놓인 피장자가 그 아래 묻힌 자를 보호하고 있는 것처럼 보이기까지 했다. 유구를 내려다보는 사람들의 눈빛은 한 가지 질문을 하고 있었다. 두 사람은 어떤 관계였을까.

골반뼈의 모양으로 봤을 때 아래에 묻힌 자는 여자였고 위에 놓인 주 피장자는 남자였다. 도대체 저들은 왜 저런 형태로 묻히게 된 것일까. 사람들 사이에서 사랑, 신분 등등의 단어들이 조심스럽게 흘러나왔다. 계급을 초월한 커플이 아니었을까, 하고. 죽어서도 한곳에 묻히기를 원했던 연인을 인정 많은 묘공이 저런 형태로 묻어준 것인지도 모른다고. 잠시 낭만적인 사랑을 머릿속에 떠올려보았지만 곧 어떤 이의 냉정한 목소리가 현실로 이끌었다. 그저 유구 안에 자리가 부족해서 위아래로 묻은 것이 아닐까, 하는 말. 알 수 없었다. 무슨 이유로 우리 앞에 저런 모습을 드러낸 것인지는 알 수 없더라도, 무덤 위로 쌓이고 흘렀을 시간이 이제는 내게까지 닿고 있었다.

얇은 흙 아래 묻혀 있던 여자를 자세히 보고 싶었다. 나는 유구 쪽으로 바짝 다가서서 깊이 몸을 숙였다. 조심하세요, 누군가 뒤에서 내 팔을 잡았다. 순간 휘청했지만 곧 균형을 잡고 돌아서서 목례를 했다. 뒤에 섰던 사람이 내 팔을 잡지 않았다면 유구 안으로 떨어졌을지도 모를 일이었다. 다행이었다. 하지만 시간이 지날수록 발목 부근에 무지근한 통증이 몰려왔다. 휘청하면서 접질린 모양이었다. 나는 다리를 절며 주차장 쪽으로 걸어갔다. 절뚝, 균형을 잃을 때마다 주완의 굳은 얼굴이 눈앞에 떠올랐다 사라졌다.

*

스튜디오에 들어서자 모니터를 보고 있던 주완이 고개를 들었다. 왔어, 하며 인사를 하는 진행자와는 달리 주완은 짧게 눈을 마주친 뒤 모니터 쪽으로 시선을 돌려버렸다. 언제부터 우리가 인사조차 꺼리는 사이가 돼버렸나. 주완은 이번 특집프로그램 제작에도 합류하지 않았다. 한 해도 거르지 않고 같이 해왔던 일인데 말도 없이 빠진 것이었다. 이유를 묻자 그는 그저 바빠서, 라고 대답할 뿐이었다. 녹음이 다 끝난 뒤에도 주완은 별말이 없었다. 녹음을 마치고 나면 보통은 조금 이른 시간이긴 했지만 맥주 한잔 어떠시냐며 진행자에게 너스레를 떨었는데 오늘은 그마저도 없었다.

　―최 피디, 오늘 좀 이상해! 무슨 일 있어?

가방을 챙기던 진행자가 물었다.

―아니에요. 제가 몸이 좀 안 좋아서…… 내일 녹음 마치고 맥주 한잔하시죠, 선생님?

―몸이 안 좋아? 그러니까 나이가 차면 결혼을 해야 한다니까.

진행자는 대부분의 일을 결혼과 연관시키는 버릇이 있었다. 얼마 전에 할머니가 된 그녀는 시도 때도 없이 손자 사진을 보여주며 예쁘지 않으냐고 물었다. 그러면서 벌써 할머니가 뭐냐며 웃다가 찡그리기를 반복했고 끝내 사람은 누구나 때가 되면 결혼을 해서 아이를 낳아야 한다고 목소리를 높이는 것으로 마무리했다.

―선생님도 참, 결혼은 뭐 혼자 하나요?

음향기기를 정리하던 엔지니어가 끼어들었다. 그 역시 결혼하라는 잔소리를 물리도록 듣고 있는 처지였다.

―생각 있으면 내가 알아봐주고.

진행자는 당장이라도 누군가를 소개해줄 것처럼 휴대폰을 꺼내 전화번호를 뒤졌다.

―생각이야 늘 있죠.

엔지니어가 괜찮은 여자라도 있느냐며 진행자 곁으로 바짝 다가섰다. 그가 말하는 괜찮은 여자란 연예인을 말하는 것이었다. 원로 배우인 진행자가 소개하는 사람이라면 같은 업계에 종사하는 후배일 확률이 높을 테니까. 엔지니어가 관심을 보이며 진행자의 휴대폰에 얼굴을 들이댔지만 정작 진행자가 눈길을 준 사람은 주완이었다.

―다음에요.

나를 의식한 것인지는 알 수 없었지만 주완은 완곡하게 거절의 뜻을 전했다. 주완의 말을 들은 뒤에도 진행자는 한참 동안 휴대폰을 들여다보며 누가 좋을까, 어떤 여자하고 어울릴까, 하고 중얼거렸다. 나는 주완의 표정을 살폈다. 지금 이 스튜디오 안에 내가 없었다면 조금은 다른 반응을 보이지 않았을까. 진행자 곁으로 바짝 다가서며 관심을 보였던 엔지니어와 같은 행동을 했을지도 모를 일이다.

다 마무리한 일을 다시 챙기며 시간을 끌고 있는 주완을 보고 있자니 퍼뜩 스치는 말이 있었다. 피디와는 연애하는 것 아니라고 했던 선배들의 조언. 연애할 때는 좋지, 문제는 헤어진 다음이야. 누구 하나는 일을 그만둬야 하니까 그게 문제라고. 사이가 틀어지고 나면 더 많이 불편을 느끼는 사람이 일을 그만두고 나가더라고. 대부분이 그랬어. 그러니 애당초 시작하지 않는 게 좋아. 연애는 깨지기 쉬운 거잖아. 그들의 조언을 귓등으로 들으며 주완과 비밀 연애를 시작했을 때 방송국에 출근하는 것이 일이 아닌 소풍 같았다. 한 스튜디오 안에서 함께 일을 하면서도 연애하는 티는 내지 않겠다는 결심이 우리를 더욱 조바심 나게 만들었고 그 비밀이 촉매제가 되어 감정은 더 빨리 뜨거워졌다. 여러 주제로 특집프로그램을 만들 때마다 서로가 얼마나 비슷한 생각을 가지고 있는지에 놀라워했다. 평소에는 알지 못했던 접점을 또 하나 찾은 것에 감격하며 운명이라는 단어를 떠올리기도 했다.

설렘과 뜨거움이 영원하지 않을 거라는 걸 알고 있었으면서도 왜 그것이 우리에게만은 예외일 것이라고, 어리석게도 그렇게 믿었던 것일까. 결혼을 할 것이었다면 그때 했어야 했다. 뜨거움이 식기 전에, 아직 설레던 그때, 모든 것이 손을 잡고 섹스하는 것의 다음 순서로 미뤄지던 그때, 그랬다면 의무감으로라도 이 현실에서 도망칠 궁리 따위는 하지 않았을 것이다. 그때는 이런 질문조차도 진지하게 던질 수 있었다. 내가 다쳐서 불구가 된다면 어떻게 할 것인지, 큰 병에 걸리면 어떻게 할 것인지, 극단적으로 내가 먼저 죽으면 어떻게 할 것인지와 같은 질문. 그의 대답은 늘 같았다. 걱정 마, 그런 일 없을 테니까. 우리는 내일 당장 일어날지도 모를 어긋남에 대해서 추호의 의심도 없이 뜨거운 한 시절을 건너고 있었다. 엄마가 아직 쓰러지기 전이었다.

―병원까지 태워줄게.

진행자와 엔지니어가 스튜디오를 나가고 나자 기다렸다는 듯이 주완이 말했다. 나는 멀뚱히 그를 쳐다만 볼 뿐 대답하지 않았다. 내가 차를 가지고 왔다는 것을 뻔히 알면서도 그런 말을 할 때는 대화를 하자는 것이었다. 무슨 말을 꺼내려는 것일까. 그가 결혼하는 순간부터 나눠서 져야 하는 짐이 너무 무거워서 무섭다고, 우리가 버는 돈의 대부분은 간병비로 나가야 할 테고, 우리가 갖는 대부분의 쉬는 시간은 간병비를 아끼기 위해 병간호를 하는 데 할애해야 할 텐데, 그 모든 것을 감당해낼 자신이 없다고, 불행할 것이 뻔한 미래를 그대로 맞이할 자신이 없다고 고백해 올까 봐 겁이 났다. 병원 정문 앞에 차가 도착했을 때 내가 어떤 표정으로 차에서 내리게 될지, 떠나는 그의 차를 바라보며 내가 얼마나 크게 상심할지, 몇십 분 후의 일이 끔찍한 장면으로 상상되었다.

─병원 가는 거 아니야.

─그럼?

─취재.

발굴 지역이라면 오늘 그곳에 갈 계획은 없었다. 하지만 주완과 함께 차를 타고 가지 않기 위해서라면 무슨 핑계라도 대야 할 것 같았다. 취재 가는 곳까지 태워주겠다는 말을 하지 않아서 다행이었다. 엘리베이터가 지하 주차장에 닿았을 때 주완은 뭔가 할 말이 더 있는 것처럼 주춤거렸다. 하지만 이내 조심해서 다녀와, 라고 짧게 말하고는 차 쪽으로 걸어갔다. 주완의 차가 주차장을 빠져나가는 것을 확인한 뒤에야 차에 시동을 걸었다.

*

라디오 주파수는 늘 같은 데 맞춰져 있었다.

방송국을 나와 사거리를 지날 무렵 방송이 시작되었다. 어제 스튜디오에서 녹음했던 방송이었다. 방송을 듣고 있는 동안에는 하루만큼 느린 시간을 살고 있는 기분이 들었고, 어제를 오늘 한 번 더 반복해서 살고 있다는 느낌도 받았다. 1부 방송이 막 끝났을 때 멀리 병원 건물이 보였다.

병원 건물 뒤쪽에 있는 주차장으로 진입했을 때 차창 밖으로 빨간 원피스를 입은 여자아이가 보였다. 엄마와 같은 병실에 입원해 있는 할머니의 손녀 중 하나였다. 늘 똑같은 옷을 입고 다니는 세 명의 여자아이를 병원에서 모르는 사람은 없었다. 세쌍둥이라는 것만으로도 눈길을 끌었지만 네팔 출신의 엄마를 꼭 빼닮은 이국적인 외모와 셋이 똑같이 입고 다니는 옷 때문에 더더욱 눈에 띄었다. 그런데 오늘은 혼자였다. 언제나 셋이서 하나의 묶음처럼 다니던 것만 보다가 혼자 떨어진 아이를 보고 있자니 어딘가 이상하고 낯설었다. 아이는 뭔가를 찾고 있는 것처럼 보였다. 아, 돌! 순간적으로 돌멩이를 가지고 놀던 세 자매의 모습이 떠올랐다. 돌을 찾고 있는 것이 분명했다. 어쩌면 아이들은 아직 모르고 있을 수도 있었다. 언젠가부터 자기들을 바라보는 어른들의 시선이 날카로워졌다는 것을, 범행 현장을 잡기 위해 면밀하고 세심하게 자기들을 감시하고 있는 어른들이 많아졌다는 것을.

최근 병원 건물에서 누군가 돌멩이를 던지는 일이 연이어 발생했다. 큰 돌멩이는 아니었지만 떨어질 때의 속도 때문에 몇 사람이 상처를 입었는데 그중 한 사람은 돌멩이에 맞자마자 위를 올려다봤지만 아무도 볼 수 없었다고 증언했고, 누군가 자신을 겨냥해 돌을 던졌다는 사실이 무서워서 밖에 나갈 수가 없다고 털어놓았다. 그리고 증거물로 돌멩이를 경찰에 제출했다. 그 사건이 있은 뒤 바로 세 자매를 의심하게 된 데에는 이유가 있었다.

세 자매가 하는 놀이는 가티였다. 여러 개의 돌멩이를 가지고 노는, 우리나라 공기놀이와 같은 네팔 전통 놀이였다. 공깃돌 하나를 집어 위로 던진 후 다른 돌을 집고 떨어지는 돌을 잡는 방식, 더 빨리 최고 단계까지 오르면 승자가 되는 룰로만 보자면 공기놀이와 다를 바 없었지만 그것이 가티인 이유는 세 자매가 진짜 돌멩이만을 고집했기 때문이었다. 요즘에는 문방구에서 플라스틱으로 만든 공기놀이 세트를 판다는데 세 자매는 그것에는 관심이 없는 듯했다. 병실 바닥이나 병원 복도에 퍼질러 앉아 돌멩이를 던지며 가티를 하고 있는 세 자매를 보는 것은 흔한 일이었다.

세 자매는 어떤 날은 빨간색 원피스를 입고, 어떤 날은 분홍색 원피스를, 또 다른 날은 노란색 원피스를 입고 동그랗게 모여 앉아 가티를 했다. 세 자매가 돌멩이를 놀이에만 사용하는 것은 분명해 보였지만 예민해진 사람들은 돌멩이를 가지고 있다는 이유만으로 어린 세 자매를 의심했다. 사람들은 복도를 지나칠 때 전과 다르게 세 자매 곁에 더 오래 머물렀고 께름칙하다는 듯 고개를 갸웃했다. 저런 애들은 우리나라 애들하고는 다를 수 있어, 하는 목소리가 들릴 때도 있었다. 그런 말을 듣고 나면 세 자매는 하던 놀이를 멈추고 병실 안으로 들어가버렸다. 미처 챙겨가지 못한 돌멩이들이 병원 복도에 굴러다녔다. 엄마가 네팔 사람이라는 것과 돌멩이를 던지는 일이 무관하다는 것을 알면서도 사람들은 한번 타깃을 정하고 나자 맹목적으로 믿어버리는 경향을 보였다. 네팔이라는 곳을 여기와는 완전히 다른 세계로 여기는 것 같았고 모르기 때문에 더 쉽게 의심하고 더 철저하게 경계하는 듯했다. 네팔인 엄마 곁을 지나칠 때면 부모 노릇 운운하는 말을 조심성도 없이 내뱉었고, 돌멩이를 던진 적 없다는 아이들의 말을 곧이곧대로 믿은 채 더 강하게 추궁하지 않는 경찰의 처사에도 불만을 표시했다.

주차를 한 뒤 아이가 서 있던 쪽으로 다가갔다. 하지만 이미 아이는 그 자리에 없었다. 고개를 들어 이리저리 살피자 저만치 멀어져가는 아이가 눈에 들어왔다. 원하는 돌멩이를 구한 것일까. 가티를 하기에 적당한 돌멩이를 구한 것인지 치맛자락을 나풀거리며 가볍게 뛰어가고 있었다. 아이의 치맛자락을 보며 건물 쪽으로 걸어가다가 불현듯 위를 올려다보았다. 돌멩이 투척 사건이 일어난 이후 생긴 버릇이었다. 누군가가 나를 겨냥하고 있는 것은 아닐까 의심하는 눈초리로 위를 쏘아보았다. 십오층이나 십육층 아니면 그보다 높은 옥상에서 내가 지나가기를 기다렸다가 돌을 던진다면…… 생각만으로도 소름이 돋았다. 왜 하필 나를, 이라는 말이 입 밖으로 새어 나오려던 순간 엄마가 쓰러진 뒤부터 얼마나 자주 이런 생각에 사로잡혀 있었는지가 떠올랐다.

왜 하필 엄마와 내게 이런 일이 생긴 것이냐고, 교회나 성당에 가보려 한 적도 있었다. 보이지 않는 손이 나를 향해 돌멩이를 던진 것이라면 그 이유라도 알려달라고 매달려볼 참이었다. 그러나 막상 교회에 가기 위해 병실을 나서면 병원에 있는 모든 사람의 얼굴이 나와 같다는 것을 알 수 있었다. 질문 가득한 얼굴. 그 얼굴들을 일일이 지나칠 용기가 생기지 않아 다시 병실로 돌아가면 때마침 나를 알아보는 듯 엄마가 눈빛을 반짝이곤 했는데 이대로라면 곧 호전되어 예전으로 돌아갈 수 있을 것이라는 확신이 생겼다. 하지만 확신은 곧 절망으로 바뀌었고, 지난 몇 년간은 그런 반복의 연속이었다.

창문 밖으로 한 사람이 상체를 내미는 것이 보였다. 나도 모르게 흠칫, 어깨를 움츠렸다. 곧 돌멩이 하나가 나를 향해 날아올 것 같아 불안한 눈빛으로 창문을 올려다보았다. 하지만 그런 일은 일어나지 않았다. 상체를 내밀었던 사람은 담요 같은 천을 탁탁 털어낸 뒤에 창문 안쪽으로 사라졌다. 등줄기를 타고 땀이 흘러내렸다. 나는 참았던 숨을 길게 토해낸 뒤 뛰듯이 걸음을 재촉하며 건물 쪽으로 걸어갔다.

엘리베이터 안에는 며칠 전부터 공고문이 붙어 있었다. 병원 건물에서 누군가 돌멩이를 투척하는 사건이 연이어 발생하고 있다는 것과 아직 범인을 잡지 못했기 때문에 건물 앞을 지나갈 때 각별한 주의를 요한다는 내용이었다. 범행 현장을 목격한 사람은 즉시 신고해줄 것과 범행 도구를 소지하는 것만으로도 의심을 받을 수 있으니 주의하라는 말도 적혀 있었다. 누가 봐도 세 자매를 겨냥한 말이라는 것을 알 수 있었다. 그리고 공고문 하단에 건물 앞을 걸어갈 때의 요령에 대해서도 적혀 있었다. 우산 쓰기, 헬멧 착용하기, 손으로 머리 감싸기, 건물 쪽으로 바짝 붙어 걷기. 네팔인 엄마와 세 자매도 이 공고문을 보았을까.

바다 위에 목선 한 척이 떠 있었다.

사람은 보이지 않고 그저 빈 배만 이리저리 흔들리고 있었다. 쐐쐐, 소리와 함께 불어오는 바람 속에는 바다 냄새가 아니라 풀 냄새가 가득했다. 시골길을 걸어갈 때 맡아지던 냄새에 고개를 갸웃하며 다시 바다 쪽으로 눈길을 돌리자 시선 가득 들어온 것은 바다가 아니라 평야였다. 목선은 바로 그 평야 위에 떠 있었다. 배가 평야 위를 떠다니다니, 불가능한 일이 벌어지고 있었기 때문에 꿈속에서도 꿈이구나, 알 수 있었다.

나는 발굴 현장에 서 있었다. 앞쪽에는 평야가, 뒤에는 발굴 중인 유구가 있었다. 잠시 후, 유구 안에서 기척이 들렸다. 돌아서서 유구 쪽으로 다가서자 인골이 움직이는 것이 보였다. 흙 속에 반쯤 묻힌 인골이 천천히 몸을 일으키고 있었다. 인골의 몸에는 하얀 천이 걸쳐져 있었다. 몸을 일으킨 인골은 곧 유구 밖으로 걸어 나와 내 곁으로 다가왔다. 내가 흠칫 놀라며 뒷걸음질을 치려던 순간 인골은 어느새 바로 지척까지 와 있었다. 놀란 눈으로 바라보자 인골이 내 앞으로 손을 내밀었다. 악수를 하자는 듯이. 나는 너무 놀라 숨을 멈춘 채 뒤로 한 걸음 물러났다. 인골은 내가 물러난 만큼 더 다가와 다시 손을 쑥 내밀었다. 맞잡아보고 싶었던 손이었는데, 안아보

고 싶었던 몸이었는데 막상 내게 다가와 손을 내밀자 선뜻 잡
을 수도 만질 수도 없었다. 무서웠다.

나는 뒤로 물러서다가 급기야 돌아서서 뛰기 시작했다. 빨
리 벗어나야겠다는 일념으로 온 힘을 다해 달렸다. 하지만 한
발짝도 움직일 수가 없었다. 도망쳐야 한다고, 지금 당장 뛰
라고 속으로 울부짖었지만 발이 바닥에 붙어버린 것처럼 움직
일 수가 없었다. 얼마나 몸부림을 쳤을까. 원피스를 입은 세
자매가 눈앞에 나타났다. 세 자매는 이제껏 본 적 없는 하얀
원피스를 입고 있었다. 아이들이긴 했지만 그들이 나타나줘서
안심이 되었다. 하지만 아이들은 나를 외면한 채 뭔가를 찾기
시작했다. 돌! 아이들은 돌멩이를 찾고 있는 게 분명했다.

—사람들이 다 가져가버렸어요.

세 자매가 합창하듯 말했다. 이제껏 들어보지 못한 정확한
발음에 깜짝 놀라며 돌멩이를? 하고 되물었다. 세 자매가 정
확한 한국말을 하는 것은 처음 들었지만 낯설지 않았다.

—자꾸 가져가니까 놀 수가 없어요.

세 자매는 이리저리 돌아다니면서 돌멩이를 찾았다. 하지
만 돌멩이는 어디에도 없었다. 등 뒤에서 움직임이 느껴졌다.
느슨해졌던 감정이 다시 조여왔다. 세 자매는 아직 내 등 뒤
에 있는 인골을 보지 못한 것 같았다.

—도망쳐.

세 자매를 향해 소리쳤다. 돌멩이를 찾고 있던 세 자매가 고개를 들어 내 등 뒤를 바라보았다. 그리고 도망치는 대신 나를 지나쳐 걸어갔다. 그쪽이 아니라 반대쪽이라고 소리쳤지만 아이들은 내 말에 귀를 기울이지 않았다. 등 뒤로 간 세 자매는 바닥에 퍼질러 앉았다. 가티를 할 때와 같은 자세였지만 아이들에게는 돌멩이가 없었다. 그때 인골이 자신의 손가락뼈를 뚝뚝 떼어 아이들 손바닥에 올려놓았고 세 자매는 그 뼈로 가티를 했다. 뼈로 하는 가티라니, 주검이 아이들 손에서 장난감이 되는 장면을 지켜보다가 나도 모르게 웃음을 터뜨렸다. 한번 터진 웃음은 좀처럼 멈춰지질 않았다. 사 년 동안 이처럼 유쾌하게 웃어본 적은 없었다. 엄마가 쓰러진 뒤 처음으로 아무것도 두렵지 않은 순간이었다.

─돌려주세요.

눈물까지 흘리면서 웃고 있던 내게 아이 하나가 손을 내밀었다. 무슨 말을 하는 것인지 모르겠다는 표정으로 멀뚱히 아이를 바라보았다. 아이는, 자꾸 가져가버리니까 가티를 할 수 없다고, 그 돌멩이는 놀이를 할 때만 쓰는 것이라고 말했다. 나는 모르는 일이라고 시선을 돌렸지만 아이는 끈질기게 손을 내밀었다. 나는 그만 가야겠다고 말하며 발걸음을 옮겼다. 바닥에 붙어버린 듯 움직이지 않던 발이 움직였다. 나는 급히 자리를 뜨려고 했다. 그때 아이가 내 손을 잡아끌었다. 돌려주고 가세요, 아이는 큰 소리로 말하며 힘주어 내 손을 잡아끌었다. 나는 아이 손을 뿌리치려고 안간힘을 썼다. 하지만 아이는 내 손을 놓지 않았다. 놔, 소리치며 세차게 손을 뿌리치는 순간 간이침대에서 바닥으로 떨어졌고, 목선도 인골도 세 자매도 눈앞에서 사라졌다. 바닥으로 떨어지면서 동시에 꿈에서 깨어났지만 내 손을 잡았던 아이 손의 감촉은 사라지지 않았다. 나는 한참 동안 바닥에 누워 있었다.

바닥의 기운이 서늘하게 느껴질 때쯤 간이침대로 올라가 누웠다. 누운 채로 손을 뻗어 엄마 손을 찾아 쥐었다. 엄마와 내가 이대로 묻혀 먼 훗날 발견된다면 사람들은 우리를 어떤 관계로 추측할까? 엄마와 딸 사이라는 것을 알 수 있을까? 위아래로 포개진 이유에 대해서는 어떤 의견들을 낼까? 그렇게 생각하고 보니 천년의 세월이 멀지 않게 느껴졌다. 고분 속 인골과 병실에 누워 있는 우리 사이에 흐른 시간은 단지 몇 초, 몇 분, 혹은 몇 시간 정도인 것만 같았다. 한참 동안 천장을 응시하자, 나의 뼈로 공기놀이를 하는 아이들의 모습이 동굴벽화처럼 그려졌다. 그건 천년 전의 일 같기도 했고 단지 몇 분 후에 일어날 일 같기도 했다.

*

뼈로 하는 가티…… 특집프로그램 제작 회의 중 내내 같은 말을 되뇌었다. 오른손으로 왼손의 뼈를 떼어내어 세 자매의 손바닥 위에 올려주던 고분 속 인골과 그 뼈로 가티를 하던 아이들. 병실이나 복도에서 아이들을 볼 때마다 꿈속 장면이 떠올랐다. 저 아이들이 가지고 노는 것이 어쩌면 정말 천년 전에 죽은 사람의 뼈가 아닐까, 상상하다 보면 시간과 공간이라는 것이 무의미하게 느껴졌고 땅을 딛고 서 있는 이 상황조차 허상 같다는 생각이 들었다. 병상에 누운 엄마마저도 사 년이 아니라 사 분쯤 전부터 졸고 있는 게 아닐까 하는 착각이 들었다.

—선배?

수진이 내 팔을 툭 쳤다. 흠칫 놀라며 고개를 들자 사람들이 내게 시선을 고정하고 있었다. 지금까지 나온 의견에 대해 내 생각을 묻는 듯한 눈빛이었다. 회의 때마다 같은 의견이 반복되고 있었기 때문에 듣지 않아도 무슨 이야기가 오간 것인지는 알 수 있었다. 애초에 수진이 낸 의견에 살을 붙이고 가지를 뻗친 것이 지금까지의 결과물이었고, 오늘 나온 얘기가 거기서 조금 더 뻗어나간 것이라면 반대할 이유가 없었다. 내가 고개를 끄덕이며 별다른 이견이 없다고 말하자 사람들은 기다렸다는 듯이 자리를 정리하기 시작했다. 긴 회의에 지친 것인지 얼른 한잔했으면 하는 표정들이었다.

자리를 잡자마자 빠르게 술잔이 돌았다. 간병인과 교대를 해야 하는 시간이 얼마 남지 않았기 때문에 나는 술잔을 입에만 댈 뿐 마시지는 않았다. 분위기를 깨지 않고 빠져나갈 타이밍을 찾기 위해 두리번거리고 있을 때 문을 열고 들어서는 주완과 눈이 마주쳤다. 주완을 본 사람들이 반가움의 환호를 보냈고 주완은 자리에 앉자마자 맥주 한 잔을 들이켰다.

주완은 이번에만 빠졌을 뿐, 그간 계속 특집프로그램을 같이 해왔기 때문에 다들 격의 없이 지내는 사이였다. 하지만 이들 중 누구도 주완과 내가 사귄다는 것은 알지 못했다. 수진에게조차 말하지 않은 것에 대해 늘 미안한 마음을 가지고 있었지만 오히려 지금은 말하지 않기를 잘했다는 생각이 들었다. 주완과 내가 헤어진 뒤, 이 사람들이 우리를 어떻게 대해야 할지 몰라 불편해하는 모습을 지켜보느니 차라리 침묵의 거짓말을 하는 게 나았다. 나는 수시로 시계를 들여다보았고 주완은 빠르게 술잔을 비웠다. 빈 술병이 늘어나면서 진지하게 나누던 특집프로그램에 대한 대화는 가벼운 농담으로 전환되었고 술잔 부딪히는 소리와 함께 웃음소리가 커져갔다. 적당한 타이밍이었다. 슬그머니 가방을 들고 자리에서 일어났다. 수진이 내 팔을 잠깐 붙잡았지만 이내 사정을 안다는 식의 눈빛을 보내며 잡았던 팔을 놓고 대신 손을 흔들었다.

—병원까지 태워줄게.

언제 뒤따라 나온 것인지 주완이 뒤에서 나를 불러세웠다. 대리기사를 부르겠다고 휴대폰을 꺼내는 주완을 말리며 택시를 타겠다고 했다. 그럼 택시라도 함께 타고 갈게, 주완이 말했을 때 나는 왜 그러느냐고 물었다.

—왜라니?

주완이 정색을 했다. 사귀는 사람끼리 태워주기도 하고 바래다주기도 하고 그러는 거지, 그게 왜라는 질문을 받아야 하는 행동이냐고 언성을 높였다. 나도 더는 참을 수가 없었다.

—할 말 있으면 여기서 해.

냉정한 목소리로 말했다. 묻고 답하는 것을 언제까지나 지연시킬 수만은 없었다. 나는 허리와 목에 힘을 주고 똑바로 서서 그의 말을 기다렸다.

—다리는 좀 어때?

—다리?

—다친 데.

—괜찮아.

—정말 괜찮아?

—별것 아니야.

—태워주겠다는데도 기어이.

나는 물끄러미 그를 바라보았다. 발굴 지역에서 다리를 접질린 뒤 통증은 제법 오래갔다. 치료까지는 필요 없을 것이라는 자가 진단을 한 뒤 병원에 가지 않고 버틴 것이 실수였다. 시간이 지나도 쉬 낫질 않았다. 지난 며칠 동안 절뚝거리며 걸어 다녔을 나를 돌이켜보자, 상황은 명확해졌다. 그는 미래에 대한 심각한 이야기를 하려던 것이 아니었다는 것, 마음에 어떤 갈등이 있는지는 알 수 없지만 지금은 그저 눈앞의 내 안녕을 걱정하고 있을 뿐이라는 것, 상황을 회피하며 오해와 원망을 퍼부은 쪽은 그가 아니라 나였다는 것까지. 주완에게 무슨 말인가를 하고 싶었지만 입이 떨어지지 않았다.

*

엘리베이터 안에 붙어 있던 공고문이 보이지 않았다. 사건이 해결된 것일까.

엘리베이터에서 내려 복도를 걸어가는 동안 이리저리 둘러보았지만 세 자매의 모습은 보이지 않았다. 병실에 들어서자마자 세 자매의 할머니 쪽부터 바라보았다. 간병인이 할머니 병상을 지키고 있을 뿐 네팔인 여자도 세 자매도 보이지 않았다. 공고문이 사라진 이유는 금세 알 수 있었다. 간병인들끼리 하는 얘기에 따르자면 돌멩이를 던진 사람은 세 자매가 아

니었다. 범인이 잡혔을 때 사람들은 세 자매가 범인이 아니라
는 사실에 놀랐고 범인이 아내를 간호하던 노인이라는 것에
또 한 번 놀랐다고들 한다. 몇 년 동안 헌신적으로 아내를 돌
봐온 노인은 병원 내에서 아내 사랑이 지극한 남편으로 유명
했다. 그렇게 아내를 극진히 돌보던 사람이 왜 알지도 못하는
사람에게 돌을 던졌을까? 사람들은 모를 일이라는 듯 고개를
갸웃거리며 수군댔다.

알 것 같았다.

몇 년 동안 병실에 갇힌 채 아내를 돌보면서 무슨 생각을
했을지, 창밖을 내다보면서 무엇을 부러워하고 질투했을지.
어쩌면 처음 돌멩이를 주웠을 때는 던질 생각이 없었을지도
모른다. 세 자매가 가티를 하다가 두고 간 돌멩이를 집어 호
주머니에 넣으면서 다음에 아이들을 만나면 돌려줘야겠다고
생각했을 것이다. 하지만 웃으면서 자유롭게 걸어가는 행인
을 본 순간 그것을 깨버리고 싶은 열망에 사로잡혔을 것이다.
아무리 시간이 지나도 현실이 바뀌지 않는다면 차라리 모든
것을 박살 내버리고 싶은 심정. 그 돌은 한 사람을 겨냥해서
던진 게 아니라 지구를 향해 던진 것일지도 몰랐다.

노인의 마음을 어찌 그토록 잘 아느냐고 묻는다면, 내 호주
머니에 든 돌멩이를 보여주는 것으로 답이 될까. 돌멩이 투척
사건이 일어나고 얼마 뒤 우연히 복도에서 돌멩이를 주웠다.

아이들을 만나면 돌려줄 생각을 하며 호주머니에 넣고 다녔는데 어느 순간 던지고 싶은 충동에 사로잡혔다. 전혀 예상하지 못했던 충동이 갑자기 일어났고 그 충동의 세기는 나를 압도했다. 나는 시간이 날 때마다 창밖을 내다봤고 나와 비슷한 또래의 여자가 지나가면 호주머니에 손을 넣어 돌멩이를 만지작거렸다. 나와 비슷한 점이 하나도 없는 사람이 지나칠 때도 돌멩이를 던지고 싶은 마음과 싸워야 했다. 특정한 누군가를 겨냥한 것이 아니었다. 어떨 때는 아래가 아닌 위를 향해서도 던지고 싶었다. 수시로 호주머니에 손을 넣었고 손바닥이 땀으로 젖을 때까지 돌멩이를 쥐었다 놓았다를 반복했다. 간병인들이 하는 얘기를 들으면서 나는 호주머니에 든 돌멩이를 만지작거렸다. 자꾸 가져가버려서 가티를 할 수 없다고 했던 꿈속 아이들의 말이 귓전을 맴돌았다. 이 돌멩이는 뭔가를 깨뜨리는 용도가 아님에 분명했다. 이겨도 져도 상관없는 놀이를 할 때나 어울리는 물건이었다.

간병인이 자리를 비운 사이 할머니의 병상 쪽으로 다가갔다. 그리고 병상 옆 서랍 속에 돌멩이를 넣어두고 돌아섰다. 네팔인 여자와 세 자매가 언제 다시 올지 알 수 없었지만 돌아오면 이 돌멩이를 보며 웃었으면 좋겠다고, 사람들이 그런 세 자매를 보며 마주 웃는다면 더 완벽할 것이라고 생각했다. 동그랗고 작은 돌멩이가 공중으로 솟아올랐다가 작은 손등에 내려앉는 장면이 눈앞에 그려졌다.

으레

미강에게서 전화가 온 것은 아침 일곱시가 조금 지나서였다. 기부금 수혜자를 선정하느라 새벽이 다 되어서야 잠이 든 미림은 잠이 덜 깬 목소리로 전화를 받았다. 통화 버튼을 누르자마자 미강은 왜 우리한테 이런 일이, 라는 말을 몇 번이나 반복했다. 한 살 터울 자매인 은파와 은솔이 한 사람은 피해자로 한 사람은 피고인의 증인으로 법정에 서게 된 것이었다. 은솔이 피고인 측에 서겠다는 말을 했을 때 미강은 은솔의 뺨을 때렸고 은솔은 짐을 싸서 집을 나가버렸다.

"잠시만 맡아줘."

이모하고는 말이 통한다잖아, 은솔이 찾아오면 며칠 묵게 해달라는 것이었다. 대학생인 은솔을 마치 유치원생 맡기듯 하는 말투였다. 미강과 미림은 자매이긴 했지만 아홉 살이나 나이 차이가 났기 때문에 미강이 엄마처럼 굴 때가 있었다. 미강이 일찍 결혼한 탓도 있을 것이다. 그 덕분에 조카들과 미림은 나이 차가 크지 않았고 '말이 통하는' 이모 대접을 받을 수 있었다.

"은파는 계속 울고 있어."

이렇게 말하며 미강이 훌쩍였다.

"방에서 나오질 않아. 학교도 휴학하겠대."

"얼마나 힘들었으면."

짧게 한숨을 내쉬며 미림이 말했다. 은솔은 어땠어, 라고 물어보고 싶었지만 미강의 마음에 불을 지피는 것 같아 묻지 않았다. 무엇보다 궁금한 것은 은솔이 왜 은파가 아닌 가해자의 편에 서게 되었는가, 하는 것이었다. 궁금한 게 있다고 모두 물어볼 수는 없지, 미림은 생각했다. 어떻게든 알아내고, 알아낼 수 없는 것에 대해서는 느낌을 믿어야 했다.

미림은 삼 년 전부터 나눔에 관한 라디오 프로그램을 맡아 하고 있었다. 그전에 하던 프로그램이 개편과 함께 사라지면서 새로 맡게 된 일이었다. '귀한 인연 소중한 실천'이라는 제목의 이 방송은 일주일에 한 번 녹화방송으로 진행되었다. 사회복지사가 추천한 사람이나 인터넷 게시판을 통해 신청한 사람들 중 수혜자 후보자를 선정해 사전 조사를 하고 인터뷰를 한 뒤 피디에게 올리면 국장 선에서 한 명이 선정되었다. 이후에 그 한 명을 대상으로 다시 심층 인터뷰를 하고 방송 원고를 썼다. 미림은 사람들을 만날 때마다 주변에 힘든 사람이 있으면 추천해달라고 요청했다. 가능하면 도움을 줄 수 있도록 애써보겠다는 말과 함께.

　미림은 거의 매일 게시판에 올라오는 사연을 읽고 그중 서너 명의 후보자를 골라 전화나 메일로 인터뷰를 했다. 점수순으로 합시다. 피디는 기준점수가 가장 높은 사람이 자격이 있다고 믿었다. 기준표에는 나이와 소득, 동거가족 수 등을 기재하게 되어 있었는데 그것은 나중에 점수로 환산되었다. 그 외에도 사회활동이나 건강 상태, 이웃과의 친밀도, 대화 시간, 우울감 등을 1에서 5 사이의 숫자로 고를 수 있도록 기준표를 만들어놓았다. 드라마틱한 요소가 있으면 좋겠지만 그건 내 욕심이고 기준에 맞는 사람이 우선이지 안 그래요? 그 부분에서 피디와 미림이 부딪힐 때가 많았다. 피디가 이렇게 말할 때마다 사람 사는 게 숫자로 딱 매겨지는 게 아니잖아요, 하고 미림은 선택을 유보했고 당사자 본인이 기입하고 체크한 점수 말고 다른 걸로 판단하겠다는 게 더 오만한 거 아닙니까, 하고 피디는 미림을 몰아붙였다. 미림은 새벽까지 뚜언의 사연을 읽고 또 읽으면서 1에서 5 사이의 숫자가 아닌 다른 것이 있지 않을까, 고민했다.

미림이 뚜언을 소개받은 건 일주일 전이었다. 아는 사회복지사가 전화를 걸어 뚜언의 사연을 전해주었다. 공부를 아주 잘하는 아이라고 했다. 그 아이가 목표로 하는 고등학교가 있는데 중학교 시험 성적이 입학할 때 크게 작용하기 때문에 시험 기간에 결석할 수 없다는 것이었다. 그래서 아이 엄마가 친정에 갈 때 따라가지 않고 복지관에서 연계한 보호시설에서 지내면서 중간고사를 준비하는 중이라고. 기특한 아이예요. 사회복지사는 자식 자랑을 하듯 말했다. 미림은 여러 가지 질문을 했다. 아이 아빠는 어디에 있는지, 도움을 줄 만한 다른 친척들은 없는지, 엄마는 친정에 무슨 일로 간 것인지 등의 질문을 이어갔다. 사회복지사는 그 모든 질문에 척척 대답했다. 아이 아빠는 교통사고를 당해 병원 중환자실에 입원해 있고 아이를 도와줄 만한 친척은 없으며 아이 엄마가 베트남에 간 까닭은 이사를 돕기 위해서라고. 아이 아빠의 사고에 대해서도 이야기했다. 아이 아빠의 과실이 큰 사고였기 때문에 피해보상금을 물어줘야 할 상황이고, 형편이 안 돼 보험 하나 들어두지 않았다고 하네요. 아이 엄마가 한국말을 거의 못하는데 이 모든 상황을 어떻게 헤쳐나갈지 걱정입니다. 사회복지사가 말했다.

"수혜자가 된다는 보장은 없어요. 소득이나 가족관계 등을 살펴보고 점수가 가장 높은 사람을 선정하니까요."

미림의 말에 사회복지사는 가만히 고개를 끄덕이다가 문득 생각난 듯 말했다.

"한번 만나보는 건 어때요? 사람을 만나보면 느낌이라는 게 있잖아요."

사회복지사는 이렇게 말하며 아이 엄마는 돌아오지 않을 것 같다고 덧붙였다.

사회복지사를 따라 상담실로 들어선 뚜언은 스트라이프 무늬 교복을 입고 있었다. 까무잡잡한 얼굴과 작은 몸집 때문에 교복을 입은 학생이라기보다는 한국 교복 코스프레를 하는 외국인처럼 보였다. 아이는 미림을 보며 고개를 한번 까딱이고는 귀에 꽂고 있던 이어폰을 뺐다.

"이쪽으로 와서 앉아."

사회복지사가 아이를 미림의 맞은편에 앉혔다. 보호시설에서 지내는 건 어떤지, 아빠의 상태는 좋아지고 있는지 미림은 생각나는 대로 물었다. 아이는 짧게 대답했다. 괜찮아요. 똑같아요. 금방 대화 거리가 떨어졌다. 미림은 아이 엄마는 돌아오지 않을 것 같다고 했던 사회복지사의 말이 떠올라 아이 앞에서 엄마 이야기를 꺼내지는 않았다. 엄마가 돌아와도 돌아오지 않아도 아이의 힘든 환경은 크게 다를 것 같지 않았다. 그럼에도 불구하고 현재로서는 뚜언보다 더 사정이 어려운 후보자가 있었기 때문에 아이가 기부금 수혜를 받을 수 있을지는 미지수였다. 미림이 여기까지 온 것을 피디가 안다면 불만스러운 표정을 지었을 것이다. 점수대로 합시다. 지금 그런 행동이 공정성을 파괴한다는 거 몰라요? 작가님은 나름대로 열심히 하는 것 같고 선한 일을 한다는 생각이 들겠지만 아닌 것 같아요. 그건 아닌 것 같습니다. 피디의 말이 맞을지도 몰랐다. 누군가의 불행을 한 번 보고 느낌으로 알 수 있을 것이라고 생각하다니, 미림은 괜히 왔다는 생각이 들었다. 여기까지 생각이 미치자 더 이상 앉아 있을 이유가 없었다. 하지만 그냥 일어날 수는 없어서 형식적인 질문을 했다.

"공부를 잘한다고 들었어. 좋아하는 과목이 뭐니?"

"국어요."

"아, 국어."

미림은 짐짓 놀랐지만 아닌 척 태연하게 말했다. 미림은 한글로 된 책을 '국어'라는 과목으로 배우고 그 국어를 읽고 쓰는 뚜언의 모습을 그려보려고 했지만 쉽게 상상할 수가 없었다.

"내가 국어책을 보고 있으면 엄마가 뿌듯해했어요."

이걸 다 읽고 이해하다니 넌 정말 뛰어난 아이야, 뚜언. 엄마는 이렇게 말했어요. 뚜언이 살짝 미소를 지었다.

“엄마는 이 모든 말을 베트남 말로 했어요.”

“엄마 말을 다 알아들었니?”

“네. 학교에 가기 전까지는 엄마 나라 말만 썼으니까요. 그땐 그 말이 국어였죠.”

“아, 국어.”

“국어라는 과목을 배운 뒤로는 국어만 썼어요. 엄마는 내 말을 못 알아들었고 나는 엄마 말을 못 알아듣는 척했어요.”

미림은 아이의 말을 가만히 듣고 있었다. 미소를 짓는 것도 고개를 끄덕이는 것도 부자연스럽게 느껴졌다.

“내가 돈을 받게 되나요?”

“아직은 몰라.”

“혹시 돈을 받게 되면 아빠 병원비로 써야 하나요?”

“어디에 써야 한다고 지정되는 건 아니야.”

“다행이네요. 솔직히 병원비는 아니죠.”

이렇게 말하며 뚜언은 사회복지사를 바라보았다. 병원비는 아니지 않느냐고 동조를 구하는 눈빛이었다.

“아빠가 죽었다고 하면 엄마는 금방 돌아올 거예요.”

여전히 사회복지사를 바라보며 뚜언이 말했다. 아빠가 어떤 사람인지, 얼마나 나쁜 사람인지 알지 않느냐는 뉘앙스. 사회복지사는 그런 뚜언을 보며 그래도 아빤데, 하고 입 모양으로 말했다. 질책하는 듯한 표정으로 뚜언을 흘겨본 사회복지사가 미림 쪽으로 시선을 돌렸다.

"아이 엄마가 돌아오면 다시 이야기해보는 게 좋겠어요. 아무래도 아이하고 이런 이야길 하는 건 좀 아닌 것 같네요."

"아, 네."

"제 생각이 짧았던 것 같아요. 뚜언, 시험 기간이라고 하지 않았니? 작가님, 우린 방해하지 말고 이쯤에서 끝내죠."

"네, 그러죠. 그런데 하나만 더."

미림은 상담실을 나가려고 일어섰다가 다시 앉았다. 그리고 뚜언을 보며 물었다.

"이사를 하는데 굳이 다른 나라에 있는 엄마까지 가야 하는 거니?"

"집을 통째로 들고 옮기는 거래요."

사회복지사가 이사 때문이라고 했을 때 미림은 그게 포장 이사나 용달 이사를 뜻하는 말인 줄로만 알았다. 딸이 가서 이사를 돕는 것이라면 이삿짐 싸는 걸 도와주는 정도일 것이라고 생각했다. 이사는 으레 그런 방식으로 이루어지는 것이니까. 하지만 뚜언이 말한 이사는 그런 것이 아니었다. 마을 사람들이 힘을 모아 집 한 채를 통째로 들고 나르는 것, 헤어져 있던 가족들이 모두 모여 집의 뒤를 따라 걸어가는 행사, 그것이었다. 시집간 여자들도 이사를 하는 날에는 꼭 친정에 와서 이사하는 것을 봐야 한다고 했다.

"집이 정말 다른 곳으로 옮겨지는 것이니까 이사를 할 때 집을 따라가지 않으면 나중에 집을 찾지 못한대요. 그럼 결국 가족과도 만날 수가 없게 되는 거죠."

미림은 놀란 눈으로 뚜언을 쳐다보았다. 그럴 리가 있나.

"옛날에 정말 그런 일이 있었대요. 집을 못 찾아서 가족과 영영 헤어진 사람들이 있었다고 했어요, 엄마가."

설마. 도무지 이해되지 않는 말이었다. 미림은 마을 사람들이 힘을 모아 집을 통째로 들고 이동하는 모습을 상상했다. 마을 남자들이 판자로 엮은 집을 들고 앞장서서 걸어가고 가족이 그 뒤를 따라가는 풍경.

"이사에 참여하지 못해서 영영 가족을 보지 못하면 어쩌니?"

"그런 사람을 만나면 이렇게 말해준대요. 울지 마라. 네가 불운한 걸 어쩌겠니?"

뚜언은 연극 대사를 외듯 말했다. 미림은 뚜언의 말에 뭐라고 대꾸해야 해야 할지 몰라 잠시 침묵하다가 상담실을 나섰다.

금요일 오전마다 미림은 집에서 방송을 들었다. 나눔으로써 나도 행복해지고 남도 행복해지는 시간, 여러분께서는 지금 귀한 인연 소중한 실천과 함께하고 계십니다. 시그널 음악이 깔리면서 오프닝 멘트가 시작되었다. 오프닝 멘트가 끝나면 대여섯 개의 광고가 이어졌다. 미림은 그동안 커피를 내리고 화장실에 다녀왔다. 화장실에서 막 나왔을 때 초인종이 울렸다. 이모, 하고 현관 너머로 은솔의 목소리가 들렸다.

캐리어를 끌고 집 안으로 들어서는 은솔은 아직 어린 티가 고스란히 남아 있었지만 어딘가 어렸을 때와는 다른 분위기가 있었다. 돌이켜보니 꽤 오랫동안 만나지 못했다. 대학생이 된 조카들도 바빴고 미림도 계속 바빴다. 은솔은 한잠도 못 잔 푸석한 얼굴에 긴 생머리를 하나로 묶고 있었다. 헐렁한 후드티 때문에 바싹 마른 몸이 더 야위어 보였다. 알 것 같았다. 은파만 그런 게 아니었다. 계속 울고 방에서 나오지 않고 학교도 휴학하겠다고 한 건 은솔도 마찬가지였다는 것을. 은솔은 까만 비닐봉지를 손에 들고 있었다.

"아파트 상가에서 샀어요."

은솔이 내민 비닐봉지 안에는 귤이 들어 있었다.

"이모가 뭘 좋아하는지 몰라서 그냥 샀어요."

"좋아해, 귤."

다른 집에 갈 때는 빈손으로 가는 게 아니라고 말하던 미강의 모습이 떠올랐다. 가정교육을 제대로 못 받았다고 욕먹어. 미강은 빈손으로 자기 집을 방문한 누군가를 욕해본 사람 같았다. 미림의 집에 올 때도 미강은 빈손으로 온 적이 없었다. 예의 차리는 게 더 거리감 느껴진다고 말해도 빈손으로 들락

거리면 더 그래, 하고 미강이 말했다. 너무 빈손이면 남 같아. 애들 아빠는 한 번도 뭘 사 들고 온 적이 없어. 월급날에도, 술을 마시고 콧노래를 부르며 들어오는 날에도 뭘 사 들고 온 적이 없어. 그게 왜 그렇게 서운해? 월급이 통째로 통장으로 입금되는데도 빈손으로 들어오는 게 서운할 수 있구나. 미림은 그 말을 제대로 이해할 수 없었지만, 서운했겠다 정말, 하고 맞장구를 쳤다.

은솔에게 손님방을 내어주고 미림은 식탁에 앉아 늦은 아침으로 귤을 먹었다. 하루 정도만 더 두었다면 다디달게 먹었겠다, 싶은 맛이었다. 미세한 신맛이 입안에 남아 쉽게 가시질 않았다.

"화장실 가려고?"

방에서 나온 은솔이 화장실 쪽으로 걸어갔다. 은솔은 별말 없이 화장실 안으로 들어가 한참 후에 나왔다. 샤워하는 소리도 들리지 않았고 변기에 물 내리는 소리도 들리지 않았다. 그사이 미림은 귤을 한 개 더 먹으면서 은솔이 나오길 기다렸다. 화장실에서 나온 은솔의 눈이 빨갛게 충혈되어 있었다. 미강이 은솔의 마음을 돌려달라고 부탁한 것과는 별개로 미림은 궁금했다. 은솔을 울린 사람이 누구인지.

"이름이 뭐야?"

화장실에서 나와 제 방으로 들어가려는 은솔에게 물었다.

은솔은 문손잡이를 잡은 채 고개를 돌렸다.

"민수요."

"어, 민수……"

"김민수."

은솔은 은파가 아닌 김민수 쪽 증인으로 법정에 설 것이라고 했다. 이미 증인 신청을 받아들일 때 증인지원관실과 긴밀하게 연락하여 법정에서 은파와 마주치는 일이 없게 해달라는 요청도 마쳤다고 했다. 미림은 그게 무슨 의미가 있느냐고 물으려다가 그만두었다. 법정에 나가기 전까지 한집에서 은파와 같이 지낼 것이고 증인 신문이 끝나면 다시 같은 집으로 돌아와 얼굴을 마주할 텐데 그렇게 요구하는 것이 무슨 의미가 있는 것이냐고. 하지만 미림은 물어볼 수 없었다. 이 질문은 은솔에게 너무 어려운 질문일 것 같았다.

"민수가 아니래요."

은파 언니는 민수가 자기 멋대로 그랬다고 했지만 민수는 아니래요, 민수가 아니라니까, 하고는 은솔이 고개를 숙였다.

"민수하고 너는 어떤 사이니?"

"사귀냐고요?"

"응."

"썸을 탄 건 내가 아니라 은파 언니죠."

"썸?"

"사귀는 건 아니니까요."

미림은 익숙하면서도 모호한 말, 썸이라는 단어의 무게가 궁금했다.

"징조 같은 거니?"

"징조요?"

"썸이 어떤 거냐고? 사귀는 건 아니라니까 궁금해서."

"아, 썸이요. 둘만 아는 느낌이 있어요. 언니랑 민수도 둘만 아는 게 있었을걸요."

썸 타는 사이에서 일어난 일이었다. 민수는 은파를 사랑스럽게 어루만졌고 은파는 그 손길을 폭력으로 받아들였다.

"네가 봤니?"

은솔이 고개를 끄덕였다. 함께 모텔방에 들어갔고 은솔이 화장실에 갔다 왔을 때 은파와 민수는 꼭 붙어 있었다고 했다. 분명 은파는 웃고 있었고 민수는 다정했다고. 그러다가 화장실에서 나온 은솔과 눈이 마주친 은파가 갑자기 태도를 바꿔 화를 내며 민수를 밀쳐내었고 경찰에 전화를 걸어 다급하고 겁에 질린 말투로 신고를 했다고. 은솔과 민수는 각자의 자리에 선 채로 은파가 소리 내어 우는 것을, 경찰에 신고하는 것을, 경찰이 왔을 때 손가락으로 민수를 가리키며 벌벌 떠는 것을 지켜보고만 있었다고 했다. 코로나 이후로 유행이 되었다고 한다.

"술집에 못 가니까요. 모텔방을 잡고 놀면 편하니까요."

모텔방에 모여 술을 마시고 영화를 보고 게임을 하는 게 트렌드라고 했다. 시험 기간에는 모텔방에서 공부도 함께해요. 미림은 '거기서부터 잘못된 것'이라고 생각하고 있는 자신을 탓했다. 모든 것의 원인이 모텔방에서 술을 마시며 놀기로 했다는 거기서부터라고 생각하는 순간, 다음 말은 아무 힘도 얻지 못할 것이다. 어떤 말을 해도 마침표를 찍기 전에 다시금 거기로 회귀하게 될 테니까.

"이모도 그렇죠?"

"뭐가?"

은솔이 뭘 묻고 있는지 알고 있었고, 짐짓 생각을 들킨 것 같아서 움찔했지만 미림은 네가 뭘 묻고 있는지 모르겠다는 표정을 지었다.

"엄마는 누가 거길 가자고 했느냐고 백번도 더 물었어요. 도대체 누가 모텔방에서 술을 마시며 놀자고 했어, 어? 은파가 그랬을 리는 없지. 다음 말은 안 해도 알겠죠?"

울기만 하고 방에서 나오지 않고 학교도 휴학하겠다고 한 건 은파와 은솔 모두였겠지만 미강은 은파만 그런 것처럼 말했다. 모텔에 가자고 꼬드긴 건 분명 은솔이었을 것이라고 몰아붙이지 않았을까, 미림은 생각했다. 은솔이 민수 쪽 증인이 되겠다고 했을 때부터 미강은 완전히 은파 쪽에 서서 은솔을 적대시했을 것이다. 그런 적대감이 은솔의 마음을 돌릴 수 있는 방법이라고 여기면서. 같은 뱃속에서 태어났는데 어쩜 저리 다르니. 은파는 이제껏 한 번도 부모 속을 썩인 적이 없는 애야. 나이만 먹었지 순진해서 아무것도 모르는 앤데. 하긴 누굴 탓해. 다 내 잘못이야. 내가 애들을 잘못 키웠어. 다 나 때문이야. 아침에 전화를 걸어왔을 때 미강은 이렇게 말하며 한참을 울먹였다. 미림은 미강이 그런 말을 다 쏟아낼 때까지 가만히 듣기만 했다. 어떤 말을 해도 미강의 귀에 들릴 것 같지 않았다.

"누가 먼저 모텔에 가자고 했는지는 우리도 몰라요. 그냥 나온 말이었으니까요."

게다가 그렇게 논 게 처음도 아니라고 했다. 어느 날은 은파와 은솔, 민수 셋이었다가 어느 날은 다른 친구들까지 섞여 놀기도 했고 또 다른 날은 은솔과 민수 둘이서 놀기도 했다고.

"혹시 네가 민수를 좋아하니?"

미림은 돌려 묻지 않았다.

"아니에요. 그냥 친구예요."

은솔은 그 질문을 숱하게 받았던 것처럼, 그리고 숱하게 같은 대답을 한 것처럼 심드렁하게 말했다.

"그냥 친구?"

"네."

"근데 왜 언니 쪽이 아니라 민수 쪽이니? 은파는 언니고 민수는 그냥 친군데."

"민수는 잘못한 게 없으니까요."

"그럼 은파는?"

미림이 이렇게 묻자 은솔은 탁자 위에 놓인 귤껍질을 만지작거렸다.

"그 일에 대해 언니랑 제대로 이야기해본 적이 없어요. 언니는 나하고 말하고 싶지 않대요. 그때 분명히 언니는 웃고 있었는데 왜 나를 보자마자 민수를 추행범으로 몰아붙였냐고 몇 번이나 물었지만 언니는 울기만 했어요. 그러니까 더 이상 물어볼 수가 없어요."

은솔은 이렇게 말하며 계속 귤껍질을 만지작거리다가 조금씩 떼어내 탑처럼 쌓기 시작했다. 엄지손톱만 하게 떼어낸 귤껍질을 몇 개 겹쳐놓자 아직 먹지 않은 작은 귤처럼 보였다.

"달아."

미림이 귤을 하나 집어 은솔에게 건넸다. 은솔은 귤을 받아서 가만히 쥐고만 있었다.

"귤이 싫으면 밥 차려줄까?"

은솔은 고개를 저었다. 배고프면 말할게요. 은솔은 쥐고 있던 귤을 탁자 위에 내려놓고 자리에서 일어났다.

"이모, 여기 오래 있어도 돼요?"

“그럼.”

“어쩜 집에 못 들어갈 수도 있겠죠?”

“너무 오래 있으면 집으로 돌아가는 게 힘들 거야.”

“집으로 돌아갈 수 있을까요?”

은솔은 계속 울고 있는 것 같았다. 목소리에도 눈에도 눈물기는 없었지만 미림은 은솔이 계속 우는 것처럼 느껴졌다.

“엄마랑 언니가 날 안 보겠다고 하면 어쩌죠?”

생각을 돌려보라고 부탁한 미강의 말이 떠올랐다. 지금이라도 집에 들어가는 방법은, 엄마와 언니를 마주 볼 수 있는 방법은 마음을 돌리는 것이라고 말해야 하는데 미림은 아무 말도 할 수가 없었다. 그저 그런 일은 없을 거야, 하며 작게 말할 뿐이었다. 걱정 마, 이렇게 말하긴 했지만 미림 역시 자신이 없었다. 은솔이 방으로 들어가자 전화가 울렸다. 미강이었다. 미림은 한동안 액정에 뜬 언니라는 글자를 바라보다가 전화기를 내려놓았다.

사회복지사가 전화를 걸어와 뚜언의 아빠가 사망했다는 소식을 전해주었다. 뚜언의 엄마에게 남편 사망 소식을 전했지만 온다 간다 별말이 없었다는 것도.

“정말 돌아올 생각이 없나 봐요.”

“남편이 사망했으니까 돌아오지 않을까요?”

"그건 뚜언의 말이고 바람이죠."

뚜언은 학교에서 돌아오면 제일 먼저 사회복지사에게 이것부터 물었다고 한다. 엄마한테 연락이 왔느냐고. 사회복지사는 매번 고개를 가로젓다가 아이 엄마와 통화를 한 날에는 더 크게 고개를 가로저었다고 한다.

"뚜언한테 어떻게 말을 전해야 할지 몰라서 거짓말을 하고 말았어요. 엄마가 아무 말도 하지 않는다고 전하는 것보다는 통화가 되지 않았다는 하는 게 더 나을 것 같아서요."

뚜언이 엄마를 기다릴 것이라고 미림은 생각하지 못했다. 뚜언은 엄마가 알아듣지 못하는 '국어'로 말을 하는 아이였고, 아빠가 죽어야 엄마가 돌아올 것이라고 담담하게 말하던 아이였다. 뚜언은 이제 열여섯, 미림은 갑자기 뚜언의 나이를 떠올렸다. 뚜언이 말하는 것과 뚜언의 마음에만 있고 말해지지 않는 것들에 대해서도 생각했다. 아빠의 사망으로 인해 뚜언의 기준점수가 높아졌다. 무엇인가를 더 잃어갈수록, 더 많은 이별을 할수록 점수가 높아졌다. 뚜언은 가족관계, 도움을 줄 수 있는 지원체계 등의 점수가 바뀌었고 따라서 수혜자가 될 확률이 높아졌다. 하지만 기부금 수혜를 받는다 하더라도 뚜언은 보호기관에 계속 머물러야 할 것이다. 아빠가 사망했고 엄마는 부재하므로 뚜언을 보호할 어른이 없었다. 돈으로는 채울 수 없는 부분이었다.

미림은 뚜언의 하교 시간에 맞춰 학교 앞으로 갔다. 말과는 달리 엄마를 기다렸을 뚜언을 달래주고 싶었다. 미림은 기부금과 상관없이 어른이 할 수 있는 것을 하고 싶었다. 미림은 아이들이 좋아할 만한 식당에 가서 저녁을 함께 먹을 생각이었다. 학교 앞에 차를 세우고 뚜언이 나오기를 기다렸다. 세 시 반이 넘었을 때 아이들이 교문 쪽으로 나오기 시작했다. 똑같은 옷을 입고 삼삼오오 모여서 걸어오는 아이들은 모두 비슷해 보였다. 미림은 뚜언을 놓치지 않기 위해서 아이들의 얼굴에 집중했다.

얼마나 기다렸을까. 혼자서 교문 쪽으로 걸어오는 뚜언이 보였다. 무리를 짓지 않고 혼자 걸어오는 아이는 뚜언밖에 없었다. 얼른 뚜언의 옆에 서서 함께 걸어야겠다는 생각으로 차 문을 열고 막 한 발을 내려놓았을 때 사이드미러에 여학생 하나가 비쳤다. 뚜언과 똑같은 스트라이프 무늬 교복을 입은 여학생이었다. 여학생은 종종걸음으로 뚜언 뒤를 따라 걷는가 싶더니 곧 뚜언 곁으로 다가섰다. 뚜언과 나란히 선 여학생은 뚜언보다 머리 하나가 더 있을 정도로 키가 컸다. 여학생이 뚜언에게 뭔가를 내밀었다. 정확히 보이지는 않았지만 리본으로 묶은 상자는 선물처럼 보였다. 여학생은 상자를 내밀며 고개를 조금 숙였다. 큰 키를 의식한 것인지 어깨도 구부정하게 말았다. 그래서인지 순간적으로 뚜언이 여학생보다 더 커

보인다는 느낌이 들었다.

미림은 잠깐 생각에 잠겼다. 뚜언을 부를까. 하지만 둘 사이를 방해하고 싶지는 않았다. 이대로 집으로 돌아갈까. 어차피 뚜언은 미림이 오늘 여기에 온 것을 알지 못했다. 미림만 조용히 돌아가면 되는 것이다. 차 문을 닫고 시동을 걸었다. 그리고 후진을 하기 위해 사이드미러를 보았을 때 뚜언 곁으로 사내아이들 몇 명이 몰려드는 것이 보였다. 이어 뚜언이 바닥에 침을 뱉었다. 퉤, 정확히 여학생의 신발을 겨냥하고 뱉은 것인지는 알 수 없었다. 하지만 뚜언이 침을 뱉자마자 놀란 여학생이 몇 걸음 뒤로 물러섰다. 퉤, 하는 소리가 차에까지 들릴 리 없었지만 미림은 그 소리를 분명 들은 것 같았다.

"작가님!"

미림은 흠칫 놀라며 창밖을 내다보았다. 미림의 차를 어떻게 안 것인지 뚜언이 작가님, 하며 반쯤 열린 창으로 얼굴을 바짝 들이댔다. 미림은 뚜언과 눈을 마주친 뒤 곧장 사이드미러 쪽으로 눈길을 돌렸다. 여학생의 모습은 보이지 않았다. 다만, 미러 상단에 적힌 '눈에 보이는 것보다 가까우니 주의하십시오'라는 경고문이 선명하게 눈에 들어왔다.

"여자 친구니?"

미림은 식당 대신 보호시설 쪽으로 방향을 잡고 차를 몰았다.

"아까 그 여학생 말이야. 키가 큰."

"아니에요. 절대 아니에요. 절대 절대."

뚜언은 양손을 머리까지 들어 올리며 세차게 흔들었다. 이제껏 보지 못한 과장된 반응이었다. 내가 이 아이를 어디까지 알고 있는 것일까, 미림은 머릿속이 복잡했다. 물론 누군가를 알기에는 짧은 시간이었다. 하지만 보호시설에서 만났던 뚜언과 밖에서 보는 뚜언은 너무나 달랐고 미림은 혼란스러웠다. 점수로 그 사람을, 그 사람의 불운을, 그 사람의 현재를 알 수 없다고, 그러니 직접 보고 느껴야 한다고 피디에게 언성을 높였던 미림은 이제 자신이 없었다.

"선물을 주는 것 같던데. 진짜, 여자 친구 아니야?"

"아니라니까요. 그런 애랑요. 에이, 말도 안 돼요. 제가요?"

그 여자애는 늘 혼자 다닌다고 했다. 왕따라는 말을 쓰지 않았지만 뚜언의 문장에는 그런 뉘앙스가 풍겼다. 나는 그런 왕따하고는 달라요, 하는.

"그럼 선물은 왜 받은 건데?"

미림은 뚜언의 가방 밖으로 삐죽 나와 있는 상자 귀퉁이를 가리키며 물었다.

"주니까요."

미림은 조금씩 화가 나기 시작했다. 애가 애답지 않게, 라는 생각이 들었다. 아빠가 죽었으면 좋겠다고 말할 때부터 알아봤다는 생각까지 하게 되자 미림은 화가 나서 견딜 수가 없었다. 이제 몇 명의 후보자 중에서 뚜언이 가장 높은 점수를 얻은 대상자가 되었고 이변이 없는 한 뚜언이 기부금 수혜를 받을 수 있게 되었는데 미림은 그것이 부당하게만 느껴졌다. 뚜언을 만나지 않았다면 어땠을까. 뚜언과 뚜언 엄마가 적어낸 사연과 점수로만 이들을 만나고 이들의 삶을 파악하고 이들의 불행을 접했다면 이런 불편한 지점까지는 오지 않아도 되었겠지.

"엄마는 곧 올 거예요, 이제 아빠가 없으니까요."

그만해, 미림은 뚜언에게 소리칠 뻔했다. 이제 남편이 죽었으니까 뚜언의 엄마가 돌아오지 않겠느냐고 물었던 미림이었다. 그런데 똑같은 말을 뚜언이 하자 화가 치밀었다. 보호시설까지 갈 동안 미림은 아무 말도 없이 운전만 했다. 뚜언과 나눌 이야기가 없었다. 뚜언이 무엇인가를 물었지만 미림은 고개를 끄덕이거나 젓는 것으로 대답할 뿐이었다. 뚜언을 보호시설 앞에 내려주고 차를 돌렸다. 좁은 골목에서 전진과 후진을 몇 번이나 반복한 뒤에야 차를 돌릴 수 있었다. 그사이 뚜언은 골목 이쪽저쪽을 살피며 미림이 차를 돌릴 때까지 서 있었다. 차를 돌린 미림은 빠르게 골목을 빠져나갔다. 골목 끝에서 우회전을 하던 미림이 사이드미러를 보았다. 그때까지 뚜언은 그 자리에 서 있었다.

미강이 은솔에게 전화를 걸어왔다. 은솔이 미림의 집에 머문 뒤에는 계속 미림에게 전화를 걸었는데 이번에는 아니었다. 미강이 어떻게든 은솔의 마음을 돌려보겠다고 결심을 한 것 같았다. 내가 민수 편을 들겠다는 게 아니야. 그날 그 방에서 내가 본 걸 그대로 증언하겠다는 것뿐이라고. 은파 언니하고 민수가 지금과 반대라면 나는 당연히 은파 언니 편에서 증언할 거야. 그래, 난 그럴 거야.

은솔이 미강과 전화 통화를 하는 사이 미림은 기부금 수혜자로 결정된 뚜언을 주인공으로 방송 원고를 쓰고 있었다. 1점에서 5점 사이, 점수가 높을수록 더 불행한 사람. 최고의 점수를 획득한 사람의 불행에 대해 원고를 쓰고 있는 사이사이 은솔의 목소리가 끼어들었다. 내 말이 누구에게 더 유리할지 그건 모르는 거잖아, 엄마. 은파 언니한테 유리할 수도 있어. 사실을 말하는 거니까. 은솔이 한참 동안 말없이 듣고만 있었다. 저쪽에서 미강이 무슨 말인가를 길게 하고 있는 모양이었다. 언니는 아직도 울고 있어? 그러고는 저쪽에서 아무 말이 없는 것인지 엄마? 엄마? 하고 큰 소리로 불렀다. 한동안 엄마를 부르던 은솔이 전화를 끊고 미림 곁에 와서 앉았다.

"이모, 엄마하고 언니 부를까요?"

"집에 같이 있는 게 힘들어서 여기 온 거 아니야?"

"아, 참! 그렇네요."

은솔이 피식, 웃었다.

"이모."

"응."

"내가 잘못하고 있는 걸까요?"

미림은 뚜언의 불행에 대해 써 내려가던 키보드에서 손을 거두고 은솔을 바라보았다. 그리고 속으로 물었다. 내가 잘못하고 있는 걸까? 은솔이 은파를 떠올리는 동안 미림은 뚜언을 떠올리며 침묵했다.

안양

동생의 장례를 치르고 몇 달이 지난 뒤 영무는 안양으로 떠났다.

"동생이 살던 집이 지금까지 그대로 있었어?"

이삿짐 트럭 앞에서 내가 이렇게 물었을 때 영무는 지금까지 월세를 내고 있었다고 대답했다. 그러면서 들어가 살 생각으로 그런 건 아니었는데, 하고 중얼거렸다. 그럼 왜 아무도 살지 않는 집에 월세를 내고 있었던 거냐고, 들어가 살 생각은 아니었다면서 왜 이사를 가는 거냐고 물으려다가 그만두었다. 묻지 않았다기보다 마땅한 대답을 들을 수 없을 거라는 생각이 앞서서였을 것이다. 영무가 무슨 말로 설명할 수 있을까. 영무의 동생은 유서 한 장 없이 스스로 목숨을 끊었다. 건설 현장에서 사고를 당한 동생이 불구의 몸으로 병원에서 퇴원한 날의 일이었다. 왜 나한테 전화 한 통 하지 않았을까? 장례식장에서 동생 사진을 들여다보며 영무가 말했다. 장례식이 끝난 뒤 영무는 좀 달라졌다. 중요한 것이 없는 것처럼, 혹은 모든 것이 중요한 것처럼 사소한 것에 발끈했고 큰일에 시큰둥했다.

"수이가 늦네!"

이삿짐 트럭이 떠날 때까지 수이는 나타나지 않았다. 수이는 한 번도 약속 시간에 맞춰 나온 적이 없었다. 오늘도 예외는 아니었다.

"수이랑 같이 놀러 갈게."

"진짜지?"

"그럼."

"꼭이다."

"꼭 갈게."

내가 꼭, 이라는 말에 힘을 실어 말하자 그제야 영무는 안심한 듯 미소 지었다. 나는 영무를 태운 트럭이 시야에서 완전히 사라질 때까지 그 자리에 서 있었다. 그때 수이가 나타났다. 약속 시간 한참 전에 먼저 도착한 사람처럼 여유로운 수이, 약속 없이 우연히 만난 것처럼 눈을 찡긋하며 손을 흔

드는 수이.

"넌 정말……!"

나는 수이를 쏘아보았다. 내가 정작 하고 싶었던 말은 넌 정말 못 말리겠다는 식의 투정이 아니었다. 입 밖으로 낼 수만 있다면 말해보고 싶었다. 넌 정말, 그러니까 너는 왜 늘 이런 식으로 영무를 네 곁에 붙잡아두는 거야? 왜 너는 잡힐 듯하지만 잡히지는 않고 그렇다고 영영 멀어지느냐 하면 그것도 아닌 거리를 유지하면서 영무를 붙잡고 있는 것이냐고, 좋아하는 영무 마음을 그렇게 함부로 이용해도 되는 거냐고. 하지만 그 치사한 방법은 수이이기 때문에 가능했고 나는 그것 때문에 절망했다.

"왜 넌 늘……"

나는 혼자서 중얼거리다가 이내 수이를 남겨둔 채 빠르게 그 자리를 떴다. 뒤에서 수이가 내 이름을 불렀지만 돌아보지 않았다.

안양에 가자고 말한 사람은 수이였다. 그전에도 나는 영무를 만나러 가고 싶었지만 이렇다 할 핑계가 없었다. 영무가 그곳으로 떠나기 전 놀러 가겠다고, 꼭 놀러 오라고 간곡한 말을 주고받았지만 그건 수이에게만 해당된다는 걸 모르지 않았다. 그렇다고 지나가다가 들렀다며 불쑥 찾아갈 수 있는 곳도 아니었다. 안양이라는 도시가 그랬다. 마음먹고 가지 않으면 평생 갈 일이 없는 도시, 내게는 그런 곳이었다. 한 번에 가는 시외버스도 없어서 다른 도시를 경유해야 갈 수 있는 곳, 고속열차도 없어 더딘 기차를 타고 다섯 시간을 달려야 닿을 수 있는 도시.

수이의 문자를 받은 곳은 경주였다. 그때 나는 경주 불국사의 안양문 앞에 서 있었다. 경기도 안양시는요? 문화재 해설사가 우리 일행을 둘러보며 질문을 했고 우리는 일제히 고개를 들어 높은 곳을 바라보았다. 그곳에는 安養門이라고 쓰인 현판이 걸려 있었다. 안양문은 극락정토로 가는 문입니다. 그러니까 경기도 안양시도 극락이겠죠? 가이드가 농담처럼 말했을 때 파라다이스요? 하고 우리 일행 중 몇몇이 합창을 하듯 물었다. 그리고 정확히 그 순간에 수이의 문자가 도착했다. [안양에 가지 않을래?]

수이의 문자와 함께 영무가 떠올랐다. 영무가 간 곳이 파라다이스라니. 영무는 그곳에서 편하게 살고 있을까. 동생이 죽은 뒤로 단 하루도 편히 잠들어본 적 없다고 했는데 그곳에서라면 낮에 일하고 밤에는 잠이 드는 일상적인 생활을 하고 있을지도 모르겠다는 생각이 들었다. 영무가 떠난 지 넉 달이 지났다. 그동안 우리는 한 번도 만나지 않았다. 간간이 연락을 주고받았지만 가벼운 안부 인사와 생일 축하 문자 정도였다. [잘 지내?] 문자를 보내면 영무는 어김없이 [그럼] 하고 답장을 보내왔다. 거기서 무슨 일을 하느냐고 물었다. [곰방] 영무가 대답했다. [뭐?] [무거운 것들을 옮겨] [무거운 거 어떤 거?] [무거운 거면 다] [힘들지 않아?] [힘들지 않아] 영무는 너무 힘이 들지 않아서 오히려 이상할 정도라고 했다. 나는 그 문자를 들여다보다가 길게 울었다. 무거운 것을 옮긴다면서 힘들지 않다니 그건 힘들어서 죽겠다는 말보다 더 비극적이었다.

"안양이 영무 고향이야?"

영무 동생이 그곳에서 살다가 죽었고, 이후에 영무가 그곳으로 거처를 옮겼을 때 나는 안양이 영무의 고향이 아닐까 짐작했었다. 하지만 수이는 내 물음에 대답하는 대신 나는 안양에 한 번도 가본 적 없어, 라며 딴소리를 했다.

"너도 몰라?"

우리 셋은 대학 시절 내내 붙어 다녔지만 서로의 고향을 물어본 적은 없었다. 영무와 수이가 사귄 것이 먼저였다. 그리고 내가 수이와 단짝이 되었고 이어 수이의 남자친구인 영무하고도 친구로 지내게 되었다. 중간에 수이가 없었다면, 아마 나와 영무는 아예 모르는 사람인 채로 살았을 것이다. 그러니 수이는 좀 다르지 않을까. 좀 달라야 하는 건 아닐까. 졸업하기 전까지 쭉 사귀는 사이였다가 졸업 이후에는 헤어지고 만나기를 반복했고 어느 날 수이가 영무에게 우리 이제 친구로 지내자, 라고 말하면서 연인 관계가 종료되긴 했지만 어쨌든 나보다는 돈독한 관계를 유지했으므로 영무의 고향 정도는 알고 있을 것 같아서 물었던 것인데 그 말에조차 수이는 딴전을 피웠다.

"놀러 가면 재워주겠지?"

나는 이럴 때마다 수이가 미웠다.

"그런데 정말이야?"

"뭐가?"

"안양문 앞에서 내 문자를 받았다는 게!"

불국사 안양문 앞에서 문자를 받았다고 말했을 때 수이는 눈을 동그랗게 뜨며 놀라워했다. 그리고는 몇 번이나 같은 걸 물었다. 정말 내 문자를 받은 게 안양문 앞이었던 거야? 신기하다, 정말 신기해. 나도 처음에는 신기했다. 하지만 수이가 같은 말을 되풀이하면 할수록 신기함은 사라졌고 지겨워졌다.

"그런데 경주는 왜 간 거야?"

"수학여행."

"수학여행?"

다문화지원센터 한국어 교실의 학생들이 학창 시절 이야기를 해달라고 졸랐을 때 나는 경주에 수학여행을 갔던 이야기를 해주었다. 그러자 우리도 수학여행 가고 싶습니다, 라는

말이 여기저기서 튀어나왔고 곧이어 비공식적인 수학여행이
결정된 것이었다. 학생들은 모두 이주여성들이었는데 그녀들
대부분은 한국에 오기 전까지 한 번도 여행을 해본 적이 없다
고 했다. 살던 동네를 벗어난 경험은 결혼을 하면서 한국으로
온 것이 전부라고.

"그럼 우리도 수학여행 가자!"

수이가 불쑥 말했다.

"경주에 가자고?"

"아니, 안양."

수이가 안양에 가자는 문자를 보냈을 때 나는 끝내 답 문자
를 보내지 않았다. 수이와 함께 영무를 만나러 간다는 생각
을 할 때마다 가고 싶은 마음과 가고 싶지 않은 마음이 싸웠
고 경주에서 돌아온 뒤에도 한참 동안 안양에 대한 말은 꺼내
지 않았다. 그러다가 문득 다시 안양 이야기가 나왔고 이번에
는 수이가 그렇게 말했을 때 바로 고개를 끄덕였다. 영무가
어떻게 지내는지, 정말 힘든 거 하나 없이 잘 지내고 있는 것
인지 확인하고 싶었다. 안양으로 수학여행을 간 학생들도 있
을까. 내가 혼잣말처럼 중얼거리자 우리가 최초였으면 좋겠
다, 라고 수이가 말했다. 결론적으로 말하자면 수이는 안양에
가지 않았고 나는 영무에게 약속을 미뤄야겠다는 사정 설명
을 하기 위해 전화를 걸었다. 하지만 영무는 전화를 받지 않

았고 문자에도 답을 주지 않았다. 어쩔 수 없이 약속 장소로 나갈 수밖에 없었다. 영무가 보낸 마지막 문자를 다시 확인했다. [시외버스터미널에서 기다릴게]

 J시에서 안양까지 한 번에 가는 시외버스는 없었다. 영무는 그걸 모르는지 몰라도 나는 알고 있었다. 나는 지난 넉 달 동안 안양에 세 번 갔다. 세 번 모두 영무를 만나러 가는 것은 아니라고, 나 자신에게조차 확인시키듯 각주를 단 뒤에야 기차에 오를 수 있었다. 그리고 그 말이 진실이라는 것을 증명하듯 안양역에 내려서 서성거리다가 곧장 J시로 되돌아왔다. 세 번 모두 똑같았다. 시외버스터미널이 아니라 역에서 만나, 하고 약속 장소를 변경하는 게 합리적이었지만 그러지 않았다. 안양역에서 시외버스터미널까지 가는 것은 일도 아니었다.

 안양역에서 내려 곧장 시외버스터미널로 향했다. 지도상으로는 도보로 삼 분 거리, 지척이었다. 하지만 나는 계속 길을 못 찾고 헤맸다. 휴대폰 지도가 가리키는 대로 횡단보도를 이리저리 건너다보면 어느새 다시 안양역 앞으로 와 있었다. 그렇게 몇 번을 돌고 돈 뒤에야 시외버스터미널에 도착할 수 있었다. 영무는 쉽게 찾을 수 있었다. 터미널에 사람들은 많았지만 모두 추위를 피해 대합실 안에 들어가 있었고 대합실 밖에 서 있는 사람은 영무밖에 없었다. 대합실은 컨테이너 두

개를 붙여놓은 것같이 작았다. 시대를 거스른 듯한, 시대극의 한 장면으로 딱 어울릴 만한 정취를 뿜어내고 있었는데 그 옆에 바짝 붙어 서 있는 영무 역시 그래서인지 오래된 사람처럼 보였다. 늙어 보이는 것이 아니라 오래돼 보이는, 나이 든 것이 아니라 낡은, 많이 써서 닳은 것들이 주는 그런 느낌. 검정색 패딩을 입고 등산용 배낭을 멘 영무는 성에가 낀 대합실 유리창에 얼굴을 들이댄 채 꼼짝하지 않았다. 가까이 다가가서 보니 배차시간표였다. 영무는 내가 다가온 것도 모른 채 배차시간표에 눈을 박고 있었다.

"뭘 그렇게 보고 있어? 어디, 가려고?"

내가 물었을 때 영무는 깜짝 놀라며 얼굴을 들었다. 그리고는 아, 아, 언제 왔어, 하며 말을 더듬거리다가 이내 아니, 안 가, 하고 말했다.

"그럼 뭘 그렇게 빤히 보고 있었어?"

"버스가 어디 어디 가는지 봤어."

"어디 어디 가는데?"

"대전, 보령, 광주, 군산. 그리고 모르는 곳."

"모르는 곳? 가보진 않아도 들어보면 지명 정도는 다 알지 않나?"

"기지시."

"뭐?"

영무가 손가락으로 배차시간표의 한 지점을 가리켰다. 기지시리.

"이름은 신데 시(市)가 아니고 리(里). 알아?"

"아니."

영무는 그럴 줄 알았다는 듯 나를 한번 쳐다보더니 모르는 곳이 얼마나 많을까, 하고 물었다. 그리고는 내 대답을 기대한 것은 아니라는 듯 무심하게 호주머니에서 모자를 꺼내 썼다. 야구 모자를 쓴 영무는 어딘가 불량스럽게 보였다. 모자는 캡이 작아서 썼다기보다는 머리 위에 올려놓았다고 하는 것이 더 맞을 것 같았다. 저런 모자는 무슨 용도로 쓰는 것인지 알 수가 없었다. 기지시리, 하고 중얼거리며 영무가 다시 배차시간표 쪽으로 고개를 돌렸을 때 나는 얼른 수이는 안 와, 하는 말로 영무의 시선을 잡아끌었다. 배차시간표 안에 J시가 없다는 것을 영무가 몰랐으면 했다.

"수이도 오고 싶어 했어. 먼저 가자고 한 사람도 수이였으니까."

영무는 아무 말 없이 듣고만 있었다.

"사정이 생겼다나 봐."

"무슨 사정?"

"나도 정확히는 몰라. 그저 중요한 일이라고만 했어. 아, 그래! 오지는 못해도 전화를 하겠다고 했어. 전화라도 하면

같이 있는 기분이 들 것 같다나. 수이다워! 수이답지 않아?"

"뭐가?"

영무가 경직된 목소리로 말했다. 어쩌면 화가 난 것인지도 몰랐다. 영무가 기다리던 사람은 내가 아니라 수이였을 테니까. 화가 난 것 같은 영무를 보자 난폭한 마음이 솟구쳤다. 분명 영무와 수이는 헤어졌는데 영무가 수이를 대하는 태도는 헤어지기 전과 조금도 달라진 게 없었다. 그 태도 때문에 내 마음은 더 사나워졌다. 실은 수이가 함께 오지 않은 까닭은 말이야, 하고 음흉한 목소리로 말해버리고 싶었다. 수이는 남자 만나러 갔어. 선을 본다고. 수이 엄마가 갑자기 결정한 거라고 하지만 수이가 완강히 거절했다면 그런 자리가 성사될 리 없잖아. 수이는 지금 다른 남자를 만나고 있어. 첫 만남부터 결혼을 전제로 하는, 그런 만남 말이야. 수이는 내 혓바닥 위에서 간부처럼 취급받고 있었다. 나는 입술을 굳게 닫은 채 영무에게 수이의 일을 전했다. 이 정도는 말해도 되는 거 아닌가. 수이와 영무는 이미 헤어진 사이니까. 그렇게 생각하면서도 그 생각에 누구도 동의하지 않을 것이라는 확신이 들었다. 확신이 점점 굳어질수록 두 사람이 나를 가운데 두고 십 년이 넘는 기간 동안 사랑싸움을 한 것 같아 화가 치밀었다. 억울한 심정이었다. 나는 이런 마음을 들키고 싶지 않아 몸을 부르르 떨며 날씨를 탓했다.

"정말 칼바람이네."

여간해서는 영하로 내려가지 않는 J시와는 확연히 다른 바람이었다. 나는 한껏 몸을 움츠렸다. 영무는 이 정도 추위는 일상이라는 것처럼 태연하게 굴었지만 발갛게 얼어버린 얼굴은 안타까울 정도로 추워 보였다. 영무는 자기도 모르게 이를 딱딱딱딱 부딪치고는 따뜻한 거나 먹으러 가자면서 걸음을 떼놓았다. 마음에 들면 아메리카노, 마음에 안 들면 오렌지 주스. 수이가 전화를 걸겠다고 한 이유는 같이 있는 기분을 느끼기 위해서가 아니었다. 선을 보기로 한 남자 때문이었다. 수이는 영무와의 만남은 언제든 마음만 먹으면 가능한 일이라는 듯 가볍게 무시했고 대신 미지의 남자, 오늘 처음 알게 될 남자에게 관심이 집중되어 있었다. 엄마의 성화 때문이라고 했지만 꼭 그런 것만은 아닌 것 같았다. 결혼? 영무하고 결혼을? 영무는 아니야. 무슨 뜻인지 알지? 그래, 확실히 영무하고 결혼은 아니야. 같은 여자로 너도 그렇게 생각하잖아. 왜 영무와 헤어졌느냐고 물었을 때 수이는 그렇게 말했다. 나는 둘의 결별이 어떤 희망으로 읽혔기 때문에 수이의 말에 가만히 고개를 끄덕였다. 영무하고 결혼은 아니지, 라고 했던 수이의 말이 무슨 말인지 알면서 그리고 그런 생각이 얼마나 영무를 무시하는 말인지 알면서 나는 그렇지, 영무하고 결혼은 아니지, 라고 동의하는 것처럼 고개를 끄덕거렸다. 수이가 전화를 걸어와 아메리카노와 오렌지 주스 중 어떤 메뉴를 말할까보다 수이가 말하는 메뉴에 따라 내가 어떤 반응을 보여야 하는 것인지 그게 더 신경 쓰였다.

"수이가 무슨 말 안 해?"

"무슨 말?"

영무가 걸음을 멈췄다. 거리에는 어디든 식당들이 보였고 들어가면 따뜻한 국물 정도는 먹을 수 있을 것 같았지만 영무는 들어가지 않았다.

"앞으로의 계획 같은 거, 미래, 뭐 그런 거에 대해서."

결혼이라는 단어를 빼고 결혼을 말하려고 하니 말이 제대로 나오지 않았다.

"미래?"

영무가 나를 빤히 쳐다보며 되물었다. 나는 갑자기 수치심이 느껴졌다. 수이가 선을 본다는 것과 수이가 영무를 결혼 상대자로 여긴 적 없다는 것을 말해서 내가 무얼 얻으려고 한 것인지. 나는 얼른 고개를 돌려버렸다. 영무는 그런 나를 가만히 보고 섰다가 말없이 다시 걷기 시작했다. 무슨 무슨 탕이나 무슨 무슨 찌개집을 지나치며 계속 걸어갔다. 어디 정해둔 식당이라도 있는 것인가. 어쩌면 미리 맛집을 검색해놨을 수도 있겠다 싶었다. 우리는 넉 달 만에 만나는 것이고 맛집은 본래 힘겹게 찾아가서 길게 기다려야 제맛이니까.

영무는 성큼성큼 걸어가다가 사거리에서 오른쪽으로 접어들었다. 오른쪽 길은 지하도로 이어져 있었다. 어두컴컴해 보이는 지하도는 접근하고 싶지 않을 만큼 음산해 보였다. 영무는 아무렇지도 않은 듯 지하도로 내려갔다. 뒤에서 내가 잘 따라오고 있는 것인지 확인 한번 없이 앞으로 쭉쭉 걸어갔다. 나는 저만치 앞서가는 영무를 물끄러미 보고 섰다가 곧 따라서 걸었다. 지하도로 접어들자 갑자기 세찬 바람이 쌩하고 불어왔다. 바람은 당황스러울 정도로 세차고 날카로웠다. 나는 순간적으로 걸음을 멈추고 뒤돌아섰다. 머리카락이 어지럽게 날렸다. 지하도를 오가는 사람은 아무도 없었다. 이 길을 지나면 무엇이 나올지 짐작조차 되지 않았다.

"왜 그래?"

뒤로 돌아서 있는 나를 본 것인지 영무가 걸음을 멈추고 다가와 물었다.

"바람이 너무 불어서. J시에는 이런 바람이 불지 않으니까. 거긴 이렇게 춥지 않잖아."

나는 이렇게 말하고는 가던 방향으로 몸을 돌려 다시 걷기 시작했다. 안양, 하면 떠오르는 것들 중에 칼바람은 없었다. 불국사 안양문 앞에서 문화재 해설사가 들려준 말에 의하면 안양은 극락이며 정토였고 이상향이었다. 마음과 몸이 편하고 즐거워 괴로움이 없는 곳. 이렇게 찬바람 앞에 서고 보니 그 말이 헛되게 들렸다.

"겨울에도 추우웁지 않은 곳이지, 거기이이인."

입술이 파랗게 언 영무가 덜덜덜덜 떨며 말했다. 마치 오래 전에 J시를 떠나온 사람처럼 먼 과거를 회상하듯. 그리고는 나를 앞질러 걷기 시작했다. 한적하고 어두컴컴한 지하도는 꽤 길게 이어졌고, 바람은 쉴 새 없이 불어닥쳤다.

긴 지하도를 걸어가다가 지쳐갈 무렵 쨍한 햇살이 얼굴로 쏟아졌다. 칼바람만큼이나 당황스러운 햇살이었다. 나는 눈을 찡그리며 그 자리에 멈춰 섰다.

"유원지에 가본 적 있어?"

영무가 해를 등지고 돌아서며 물었다. 나는 그럼, 하고 말하면서 영무의 머리 위를 올려다보았다. 거기 걸린 도로표지판에 유원지라고 쓰인 글자가 보였다.

"그렇지? 다 가보는 곳이지, 유원지는."

"특별한 곳은 아니니까."

"동생하고 난 유원지에 한 번도 가본 적이 없어."

"어린이날에도?"

"어린이날에도."

"그럼 어딜?"

그럼 어딜, 이라니. 나는 곧 참 나쁜 질문이었다고 자책했다. 어린이날 유원지에 안 갔다는 것은 아무 데도 안 갔다는, 갈 수 없었다는 말일 텐데.

"수학여행은 다들 놀이동산에 가잖아."

나는 뭔가를 만회해보려는 심산으로 수학여행을 들먹였지만 이내 후회했다.

"동생하고 나는 수학여행 때마다 유일하게 등교하는 학생이었어. 애들이 수학여행을 간 학교에 등교하면 뭘 하는지 알아?"

나는 알지 못했다. 수학여행을 가지 않으면 그 기간 동안 등교해야 한다는 사실조차 알지 못했다. 아마 모든 일에서 그랬을 것이다. 내가 하지 않는 일에 대해서는 알지 못하고, 알려고도 하지 않고, 알아도 이해는 하지 못해 그냥 그런가 보다 하고 마는, 냉소적인, 그런 쌀쌀한 태도로 살아왔을 것이다. 영무가 다시 걷기 시작했을 때 나는 수학여행을 가는 대신 등교한 영무가 학교에서 뭘 했을까를 생각하면서 따라 걸었다. 안내표지판을 따라 한참을 걷다 보니 실개천 옆으로 추어탕집과 매운탕집이 즐비한, 유원지 하면 딱 떠오르는 그런 공원이 눈앞에 나타났다. 어디엔가, 이젠 낡아서 멈춰버린 녹슨 바이킹이 있지 않을까 싶은 그런 공원이었다.

"동생은 매일 유원지를 가로질러 다녔어."

영무가 유원지 안으로 성큼 들어서며 말했다.

"그걸 어떻게 알아? 같이 산 것도 아니면서."

"내가 살아보니까 알겠어. 매일 하루에 두 번씩 지나다녔어."

여기 어디 근처에 동생이 살았던 집이 있는 것일까. 그렇다면 영무가 사는 집이 있다는 것이기도 한데. 유원지 근처에 살고 있었구나. 어딜까. 나는 주변을 두리번거리며 영무의 동생이 살았을 만한, 지금 영무가 살고 있을 만한 집이 있는지 살폈다. 하지만 실개천 옆에는 상가들만 즐비할 뿐 주택으로 보이는 건물은 없었다.

"어렸을 때는 한 번도 가보지 못했는데. 어린이날조차 가보지 못한 곳이었는데. 동생은 매일 여기를 지나다니면서 좋았을까?"

"좋았겠지, 아마도."

아니 좋지 않았을 것 같아, 아니 모르겠어. 나는 속으로 생각했다.

"유원지를 가로질러 나가면 바로 버스 정류장이 나오거든. 거기서 버스를 타면 한 번에 인력사무소까지 갈 수 있어."

"인력사무소?"

영무는 동생이 일을 구하던 인력사무소에 나가 일을 구한다고 했다.

"새벽마다 가. 일을 구하러."

영무의 동생은 회사나 공장에 취직을 해도 오래 버티지 못하고 금방 그만둬버렸다. 사는 곳도 정하지 않고 여기저기를 떠돌았는데 안양에 자리를 잡은 뒤로는 정착했다. 안양에서 동생이 한 일은 무거운 걸 나르는 것이었다. 처음에는 서툴렀지만 점점 익숙해졌고 차차 더 무거운 것을 들 수 있게 되었고, 그래서 계속 계속 더욱더 무거운 것을 들고 남들이 꺼리는 높은 곳 혹은 깊은 지하로 오르거나 내려갔고, 나중에는 감당하지 못할 정도로 무거운 짐을 지고 내려가다가 사고를 당했다. 영무 역시 동생이 했던 일을 하고 있었다.

"곰방 일은 올라가는 것보다 내려갈 때 더 힘들어. 말로만 들었을 때는 그럴 리가, 했는데 실제로 해보니까, 맞아. 등에 오십 킬로그램을 지고 계단을 내려갈 때는 숨이 딱 끊어질 것 같거든. 폐가 쪼그라들어서 숨을 들이마실 수가 없어. 그 자리에 주저앉고 싶은데 앉으면 다시는 일어날 수 없을 테니까 그냥 가는 거야. 가야 하니까 그냥 가는 거야."

사고를 당하던 그때 영무의 동생이 지고 내려갔던, 그 무거운 짐은 무엇이었을까. 시멘트? 흙? 돌? 타일? 나무? 철근? 머릿속에 몇 가지 물건들을 떠올려보았지만 그것들이 어느 정도의 부피가 되어야 오십 킬로그램이 되는지 짐작조차 되지 않았다. 물건이 아닌 것으로 무거운 것이라면, 그것은 하나 알고 있었다. 오래전, 엄마가 한밤중에 집을 나갔다가 아침까지 들어오지 않은 날이 있었다. 더 이상 어린이날을 기념하지 않아도 되는 나이였기 때문에 나는 그날 밤을 생생하게 기억하고 있는데 엄마는 기억나지 않는 척했다. 엄마, 있잖아. 그날 말이야. 그날 밤 어디 갔던 거야? 물어보면 엄마는 언제? 네가 자다가 꿈을 꾼 모양이네. 그 나이 때는 꿈을 많이 꾸는 법이지. 그래서 꿈하고 현실하고 헷갈리기도 하고 말이야. 그런 날은 없었어. 널 혼자 두고 나갔던 밤은 없었어. 그때 엄마가 들고 있던 가방을 나는 기억하고 있다. 꽤 무거웠던 것인지 엄마의 어깨가 한쪽으로 기울어 있었다. 엄마가 아니라고 해서 그 이후로는 묻지 않았지만 엄마가 가방을 들고 집을 나가던 장면을 잊을 수 없었다. 어쩌면 나를 들고 나가고 싶었지만 너무 무거웠기 때문에 들고 나갈 수 없었을지도 모른다는 생각을 한 적이 있었다. 들고 나가서 어딘가에 버리는 상상. 무거운 가방을 들고 집을 나서기 전 엄마가 내 머리맡에 앉아 말했다. 너만 아니면, 너만 아니었다면. 내가 아는 한 가장 무거운 것은 나였다. 내 존재가 누군가에게 무거운 것이라는 것을 안다는 것은, 그것을 알고 살아간다는 것은 주눅 드는 일이었다. 진 기억은 없지만 분명 내 앞으로 된 빚을 지고 있는 기분, 어디에 갚아야 할지 몰라 갚을 수도 없는 빚을 지고 살아가야 하는 시간, 그래서 누군가의 눈에는 내 발걸음이 무거워 보인 것인지도 모른다. 넌 너무 우울해,

수이가 나를 보며 자주 했던 그 말은 아마도 무거움에 대한 다른 표현이었을 것이다.

"꽤 오래 다녔대. 거기 소장이 그러더라고. 동생이 거기 나온 게 오 년은 됐을 거라고."

"오 년이나?"

"인력사무소라는 데가 그렇잖아. 뜨내기들이 들락거리다가 인사도 없이 사라져버리기 일쑨데 동생은 그러지 않았어. 한곳에 진득하게 붙어 있는 놈이 아니었는데, 여기서는 정착하고 살았던 거야."

"다행이네."

"다행이고말고!"

"소장님이 좋은 사람인가 봐?"

"좋은 사람?"

"아니, 그렇잖아. 소장님이 좋은 사람이니까 동생이 오래 다닌 게 아닐까? 아니면 다른 인력사무소로 갔겠지."

"뿌리를 내린 건 동생이야. 소장이 그렇게 해준 게 아니고. 일을 구하는 날보다 대마찌 맞는 날이 더 많은데도 동생은 하루도 빠짐없이 나갔어. 그게 소장이 잘해서라고?"

아무것도 아닌 말에 영무가 발끈하는 바람에 나는 놀라서 걸음을 멈췄다.

"내 말도 같은 뜻이야."

나는 변명하듯 말했다.

"아니, 그렇지 않아. 네가 가르치는 여자들은? 남편들이 좋은 사람이라서 한국에 살고 있는 거야?"

그건, 그건. 느닷없는 영무의 공격에 말문이 막혔다. 한국어 교실에 나오는 그녀들이 모두 좋은 남편과 살 것이라고 확신할 수는 없었다. 반대일 확률이 높았다. 한국에 정착한 지 오래되었는데도 그녀들은 여전히 한 나라의 정주민도 한 가정의 정주민도 아니었다. 아이가 나를 부끄러워해요. 그게 제일 슬픕니다. 그렇게 말했던 이주여성은 결국 자기 나라로 돌아갔다. 수업을 마치고 인사를 할 때마다 그녀들 중 누군가는 내일 이 수업에 나오지 않을 수도 있겠다, 싶을 때가 많았다. 한국어 교실의 그녀들을 떠올리자 영무의 말에 반박할 말이 떠오르지 않았다. 그래서 그냥 영무의 얼굴을 물끄러미 바라보았다. 앞뒤로 걷다가 유원지에 들어서면서부터는 나란히 걸었는데 나는 걷다가도 슬쩍슬쩍 고개를 돌려 영무의 얼굴을 보았다. 괜찮은가, 편한가, 너무 힘들지 않아서 이상할 정도라고 했는데 그 말이 맞나, 그런가, 정말 그런가, 하고.

뭔가 따뜻한 걸 먹으러 가는 길이었는데, 영무는 실개천 옆으로 쭉 늘어선 식당 쪽이 아닌 유원지 안쪽으로 계속 들어갔다. 그러다가 전망대라고 적힌 표지판 앞에 멈춰 섰다. 전망대 200미터.

"매일 유원지를 지나다니면서 전망대가 있다는 건 오늘 처음 알았어."

영무는 마치 어쩜 이렇게 중요한 것을 놓칠 수 있나, 하고 자신을 질책하는 듯한 표정으로 말했다. 영무는 확실히 조금 달라진 것 같았다. 사소한 것에 민감하게 반응하는 영무를 보며 누군가의 죽음이 산 사람에게 만들어놓고 간 구멍에 대해 생각했다. 살았을 때는 몇 년이 지나도록 얼굴 한번 보지 않고 지낸 사이였으면서, 형과 동생, 유일한 핏줄이라고는 하지만 둘은 서로의 일상에 조금도 관여하지 않는 관계였으면서, 영무와 십 년을 알고 지내는 동안 동생에 대한 이야기는 한번도 들어본 적이 없는데, 동생에게 간다거나 동생이 왔다거나 하는 말조차 들어본 적 없는데, 이렇게 사라지고 난 뒤에야, 완전히 무(無)가 된 뒤에야, 영무는 비로소 동생과 가장 가까워진 것 같았다.

"올라가볼까?"

영무가 전망대 쪽으로 올라가기 시작했다. 이백 미터면 그다지 높지 않았다. 전망대가 있을 만한 높이는 아니지 않나, 생각하면서 영무의 뒤를 따랐다. 걸으면서 주변을 둘러봐도 어딘가를 전망할 만큼 높은 산은 없었다. 그러니까, 어쩌면 유원지에 어울릴 만한, 구색을 갖추기 위해 만들어놓은 전망대일 수도 있었다. 올라가봐야 막상 바라볼 것은 아무것도 없는 그런. 당신의 꿈은 무엇이었나요? 가장 사랑하는 사람은 누구인가요? 가장 행복했던 순간은 언제였나요? 전망대로 올라가는 계단 챌판마다 이런 문구가 적혀 있었다. 어떤 질문은 질문 그 자체로 폭력적일 때가 있었다. 나는 꿈과 사랑하는 사람과 행복했던 순간 등을 떠올려보려고 노력했지만 아무것도 떠올릴 수 없었다. 계단을 오르는 일이 그 어느 때보다 힘들었다.

가장 돌아가고 싶은 때는 언제인가요? 라고 적힌 계단에 발을 디뎠을 때, 주머니에서 휴대폰 진동이 울렸다. 수이였다. 아메리카노 혹은 오렌지 주스, 나는 그 두 가지 메뉴를 떠올리면서 가만히 휴대폰을 쥐고 있었다. 진동은 멎지 않고 계속 울렸다. 나는 전화를 받는 대신 앞서가는 영무를 올려다보았다. 마치 처음부터 등산을 목적으로 온 것 같은 모습이었다. 패딩점퍼에 모자, 배낭, 그리고 등산화까지. 아, 어쩌면 저건 곰방 일을 할 때 입는 작업복일지도 모르겠다. 저런 차림으로 무거운 것을 지고 저렇게 계단을 오르는구나. 저게 작업복이자 일상복이고, 오르는 것이 일상이자 일이겠구나. 나는 언제까지나 계속 올라갈 것 같은 영무를, 너무 힘들지 않아서 이상하다는 영무를 바라보다가 고개를 떨궜다. 영무는 힘들어 보였고 나는 아무것도 해줄 게 없었다. 한참 동안 계속 울리던 휴대폰 진동이 멎었을 때 나는 다시 영무 뒤를 따라 걸었다. 얼마나 걸었을까. 다리가 뻐근하게 아파왔고 숨이 찼지만 전망대는 나오지 않았다. 이백 미터는 벌써 지난 것 같은데.

"전망대가 있긴 한 걸까?"

"안내표지판에 그렇게 적혀 있었으니까 있긴 하겠지."

"이렇게 낮은 산에 전망대가 있다는 게 이상하잖아."

"꼭대기에 올라가보면 볼 게 있을지 어떻게 알아?"

"그럴까?"

얼마나 올랐을까. 갑자기 계단이 끊어지더니 평지가 나왔다. 평지에는 한 무리의 사람들이 돗자리를 깔고 앉아 있었다. 화려한 등산복을 입은 그들은 추위 따위는 아랑곳없다는 듯 막걸리를 마시며 큰 소리로 웃고 있었다. 평지 뒤로는 절개지였다. 무슨 공사를 하기 위해 산을 깎은 것인지, 직각으로 깎인 절벽은 마른 넝쿨로 뒤덮여 있었고 응달 쪽엔 고드름이 길게 매달려 있었다. 나는 고개를 뒤로 한껏 젖히고 위를 올려다보았다. 금방이라도 낙석이 굴러떨어질 것처럼 아슬아슬하게 보였는데 그 아래 돗자리를 깔고 앉은 사람들은 전혀 불안해하지 않는 듯했다. 영무는 그 무리 옆에 우뚝 멈춰 서서 그들을 지켜보았다. 왜 그래? 영무의 행동이 무례하게 보여서 나는 그의 소매를 슬쩍 잡아당기며 가자, 하고 말했다.

그때 큰 소리로 웃고 있던 남자가 휘청거리며 일어서더니 영무 앞으로 다가와 종이컵을 내밀었다.

"한잔 드릴까?"

영무는 가만히 종이컵을 바라보고 섰다가 한 잔 주십시오, 하고 말했다. 남자는 종이컵 가득 막걸리를 따라주었다.

"한 잔 더 주십시오."

영무가 막걸리를 원샷한 뒤 빈 컵을 남자 앞으로 내밀며 말했다. 맡겨놓은 것을 달라는 사람처럼 당당한 목소리였다.

"하, 재밌는 젊은이일세. 그래. 한 잔 더 받으시게."

남자는 좀 어이가 없다는 말투였지만 술은 가득 따라주었다. 영무는 단숨에 잔을 다 비우고는 빈 컵을 남자에게 돌려주면서 집에서도 이렇게 웃습니까, 하고 물었다.

"집? 집에서야 웃을 일이 없지!"

남자는 뭐 이렇게 이상한 자식이 다 있나, 하는 표정으로 영무를 보면서 밖이니까 이렇게 웃지, 하고 덧붙였다.

"집에서도 웃으십시오."

무슨 의도로 한 말인지 알 수 없었지만 영무의 말은 무례하게 느껴졌다. 무리의 사람들이 화를 내지 않을까 걱정되었지만 영무를 이상한 눈으로 잠깐 쳐다보다가 이내 다시 술잔을 돌리며 큰 소리로 이야기를 주고받았다.

"전망대까지는 먼가요?"

자리를 뜨기 전 내가 무리를 향해 물었다.

"전망대? 여기 전망대가 있었나? 그런 데가 있었어?"

무리의 사람들이 서로 눈짓을 하며 갸웃거렸다.

"아, 그거 철거됐을걸. 거긴 뭣 하러 가. 올라가봐야 볼 것도 없을 텐데."

무리 중 누군가가 말했다. 영무는 그 말을 못 들은 것인지 아무런 반응이 없었다. 막걸리 두 잔에 취한 것처럼 몸을 이리저리 흔들면서 서 있을 뿐이었다. 전망대가 없대. 철거됐을 거라는데. 내가 말해도 영무는 말이 없었다. 이제 정말 어디 가서 따뜻한 거라도 먹어야 할 것 같았다. 내가 방향을 돌려 계단을 내려가려고 하자 있을지도 모르잖아, 하고 영무가 말했다. 그리고는 절개지 옆으로 난 계단을 따라 올라가기 시작했다. 그때 뒤에서 크게 웃는 소리가 들렸다. 우리 이야기를 하며 웃는 것 같아서 뒤를 돌아보았지만 무리 중 누구도 우리 쪽을 보고 있지는 않았다.

영무는 빠르게 계단을 올라갔다. 나는 뒤처지지 않기 위해 숨을 헐떡이며 열심히 영무의 뒤를 따라 올라갔다. 몸에 열기가 올랐다. 숨을 쉴 때마다 하얀 입김이 나올 정도로 차가운 날씨였지만 걸을수록 덥게 느껴졌다. 외투를 벗으려고 할 때 호주머니에서 진동이 울렸다. 보지 않아도 수이 전화일 게 분명했다. 수이가 아메리카노를 마신다 해도 오렌지 주스를 마신다 해도 뭐라고 해줄 말이 없었다. 그것보다는 점점 열기가 오르고 숨이 차서 제대로 걸을 수가 없었다.

"좀 천천히 가."

영무를 불렀다. 영무는 내 말을 듣지 못한 것인지 뒤돌아보지 않고 계속 올라갔다. 영무와의 간격이 꽤 벌어졌다. 영무야, 넌 수이 어디가 좋아? 수이와 헤어졌잖아. 이제 그냥 친구일 뿐이잖아. 그런데도 왜 기다리는 거야? 왜 그렇게 좋아하는 거야? 가쁜 숨을 몰아쉬며 조용히 영무에게 물었다. 영무의 귀에 들리지 않을 정도로 작디작은 소리로. 밝아. 밝잖아. 우리한테 없는 밝음이 수이한텐 있잖아. 영무의 목소리는 들릴락 말락 할 정도로 작았지만 송곳처럼 날카롭게 내 귀에 와서 꽂혔다. 나는 난데없는 영무의 대답에 놀라 걸음을 멈췄다.

"밝아, 확실히. 우리하고는 달라. 무거운 거, 우리가 지고 다니는 무거운 짐 같은 게 수이한테는 없어."

영무가 걸음을 멈추고 말했다. 우리라니? 우리에겐 없는 밝음? 우리가 지고 다니는 무거운 짐? 우리에겐, 너하고 내겐 없는 가벼움? 그게 어떤 종류의 밝음인지, 그게 어느 정도의 가벼움인지 따져 묻고 싶었지만 말이 나오지 않았다. 수이는 어린이날이면 어김없이 유원지에 갔을 거야. 내게도 종종 놀이동산에 가자고 했는데 내가 싫다고 했어. 싫다니까 또 그냥 자기도 갑자기 가기 싫대. 그리고는 그냥 웃어. 영무는 천

천히 걸어가면서 계속 수이 이야기를 했다. 나는 그 자리에
멈춰 섰다. 영무의 말을 더는 듣고 싶지 않았다. 수이의 밝음
에 대해서도 나의 무거움에 대해서도 더는 듣고 싶지 않았다.
한참 동안 그 자리에 멈춰 서 있다가 영무의 뒤를 따라갔다.
그리고 영무의 등에 대고 말했다.

“수이가 왜 같이 안 왔는지 말해줄까?”

“뭐?”

“수이가 지금 뭘 하고 있는지 아느냐고?”

영무가 멍하니 내 얼굴을 쳐다보았다.

“수이는 말이야.”

수이는 말이야, 하고 말한 뒤 내 입에서는 수이는, 선을, 개
엄마가, 그 남자는, 결혼을, 너는, 결혼 상대자는 아닌, 알아?
그런데도, 하는 말들이 끝도 없이 흘러나왔다. 영무의 얼굴이
점점 어두워졌다. 그러다가 그의 눈에 알 수 없는 감정이 떠
오르는 것이 보였다. 경멸이 아닌 이해, 배척이 아닌 애잔함,
왜 수이에 대해 그런 말을 하는지 알겠다는 끄덕임, 하지만
아무리 그렇게 말해도 내게 수이가 없으면 희망이 없어, 하는
고백. 이런 감정들이 뒤엉킨 영무의 눈빛을 보는 순간 정신이
번쩍 들었다. 내가 지금 무슨 말을 하고 있는 것인가. 영무가
숨을 쉴 때마다 하얀 입김이 그의 얼굴을 희미하게 가렸다.
입김이 나올 때마다 보였다 말았다 하는 영무의 얼굴을 보면

서 영무 눈에도 내가 보였다 말았다 하겠구나, 하고 생각하는
데 뚝, 눈물이 떨어졌다.

"계속 가보자."

내가 눈물을 닦을 동안 가만히 서 있던 영무가 다시 계단을
오르기 시작했다. 나는 영무를 따라 올라가야 할지 아니면 이
대로 내려가야 할지 주춤거리다가 곧 영무 뒤를 따라 올라갔
다. 절개지 꼭대기까지 올라갔지만 전망대는 찾을 수 없었다.
나는 이제 그만 내려가야겠다고, J시로 돌아가야겠다고 말했
다. 이대로 가면 어쩌느냐고, 따뜻한 거라도 먹자고 영무가
말했지만 나는 고개를 저었다.

"그럼, 시외버스터미널까지 바래다줄게."

"J시로 가는 버스는 없어. 기차를 타야 해."

"버스가 없어? 없구나."

터미널이 아니라 역에서 보자고 왜 말하지 않았어? 영무가
의아한 표정으로 물었을 때 나는 문득 수이의 밝음과 가벼움,
내게는 없는 그것들이 어떤 것들인지 알 것 같았다. 자기 무
게를 지고 다니지 않는 사람의 밝음이란 어떤 것인지, 그것이
영무에게 얼마나 큰 위안이 되는지 알 것 같았다.

우리는 갔던 길을 되짚어 걸었다. 지나왔던 시간을 온전히
거슬러 가는 것처럼, 계단을 내려가서 유원지를 가로지르고
지하도를 지나 터미널 쪽으로 갔다가 거기서 역으로. 영무는

기차가 출발할 때까지 플랫폼에 서 있었다. 그 모습은 마치 배웅을 하러 온 게 아니라 마중을 나온 것처럼 보였다. 나는 기차 안에 앉아서 손을 흔들었다. 기차가 출발하자 영무도 손을 흔들었다. 나는 다시 안양에 올 날이 있을지 장담할 수 없었지만 다시 올게, 하고 입 모양으로 말했다. 영무가 계속 손을 흔들었지만 나는 뒤돌아보지 않았다.

기차는 더디게 달렸다. 창밖엔 서서히 어둠이 내리기 시작했다. 나는 한동안 날이 어떻게 어두워지는지를 살피다가 전화를 걸었다. 한참 만에야 왜, 하고 엄마가 전화를 받았다. 나는 '엄마, 엄마한테 난 얼마나 무거웠어?' 물으려다가 엄마, 엄마, 하고는 전화를 끊었다. 더딘 기차는 한밤중에야 J시에 닿을 것이다. 영무는 어떻게 지내? 나도 갔어야 하는 건데. 영무는 잘 지내지? 수이가 물으면 뭐라고 대답할지 생각할 시간은 아직 많이 남아 있었다.

문밖에서

이선과 이형은 일 분 간격으로 태어났다. 이선은 그 사실이 믿기지 않을 때가 많았다. 그러면서도 만약 이형 없이 혼자 이 세상에 태어났다면 어땠을까, 생각하면 눈물이 날 정도로 외로워졌다. 이선은 자기가 태어났을 당시를 그려볼 때가 있었다. 상상 속에서 이선은 늘 이형을 기다리고 있었다. 이형이 어서 태어났으면 하고. 세상에 태어날 때 혼자가 아니라는 사실이, 자신과 똑같은 존재가 하나 더 있다는 사실이 너무 좋아서 갓 태어난 이선이 울음 대신 웃음을 터뜨리는 상상, 이선은 그런 상상을 했다. 반면에 이형이 먼저 죽을 것이라는 상상은 한 번도 해본 적이 없었다. 언제까지나 이형과 함께일 거라고 여겼다. 하지만 이형이 방문에 못을 박고 죽음을 시도한 뒤에는 언제든 그가 죽을 수 있다는 걸 깨달았다. 다행히 이형의 첫 자살 시도는 실패했고 그 후로 이선은 조금씩 무뎌져 이형의 행동을 살피는 일에 소홀해졌고 못을 박았다는 사실도 종종 잊어버렸다. 그사이 이형은 두번째 못을 준비하고 있었다. 이형은 준비한 못을 방문에 대고 열일곱 번의 못질을 했다. 그리고 허리띠를 못에 걸고 목을 맸다. 서랍장을 조립하는 것처럼, 탁자를 조립하는 매뉴얼처럼 죽음의 단계를 순차적으로 밟았고 이번에는 성공했다. 못질은 열일곱 번이야. 첫번째 시도에서 실패한 이형이 말했다.

─왜 열일곱 번인데?

이선이 물었다. 이형은 왜 그런 걸 묻느냐는 표정으로 이선을 바라보았다. 당연히 못질을 할 때는 열일곱 번이어야 하는데 왜 굳이 물어보는 것이냐고. 이형이 뚱한 표정을 지었지만 그때 집요하게 더 물었어야 했다고, 이선은 후회할 때가 많았다. 이형이 죽은 뒤 이선은 좀처럼 그 방에 들어갈 수 없었다. 이형의 방문엔 여전히 못이 박혀 있을 것이다. 가족 중 누구도 그 방에 들어가 태연히 못을 빼지는 못했을 테니까. 이선은 이형의 방문 밖에서 서성이며 문손잡이를 쥐었다 놓았다 했다. 똑똑, 노크를 해보기도 했다. 이형이 하나의 경계를 넘어버린 찰나의 시간, 그 시간과 공간에 가닿기 위해 이선은 똑똑똑똑똑똑 수없이 문을 두드렸지만 열리지 않았다.

—정말 아무 말도 들은 게 없어?

이형의 방문 앞에 서 있는 이선에게 엄마가 물었다.

—너는 우리하고 다르잖아. 다른 사람은 몰라도 너한테는 뭔가 말했을 거 아니야?

엄마는 이선과 이형이 애초에 어디서 태어났는지 잊어버린 듯했다. 그러니 이선에게 저렇게 물을 수 있는 것이다.

—엄마는?

—내 앞에서는 입을 꾹 다물고 있는데 무슨 수로 그 마음을 알아? 그 머릿속에 뭐가 들었는지 내가 어떻게 아느냐고?

엄마의 말은 너무 빤했다. 이선은 엄마의 세상을 보고 싶지 않을 때가 많았다. 이형의 세상이 암막 커튼 안쪽에 존재한다면 엄마의 세상은 너무 노골적이었다.

—전생에 내가 무슨 죄를 지었기에 나한테 이런 일이 생기냔 말이다.

—그건 엄마한테 생긴 일이 아니고 이형한테 생긴 일이야.

날 선 말을 하려던 건 아니었지만 죽은 사람은 엄마가 아니라 이형이라는 사실은 분명히 말하고 싶었다.

—엄마 때문은 아닐 거야.

이형은 정확히 열일곱 번의 못질을 한 뒤 자신의 허리띠를 목에 감아 자살을 했다. 그것도 한 번 실패한 뒤에 다시 똑같은 방식으로 시도한 죽음이었다. 그 죽음이 엄마 때문일 리 없었다. 하지만 차라리 그랬으면 좋겠다고 이선은 생각할 때가 있었다. 이유가 명백한 죽음이었다면 이선은 조금은 더 쉽게 이형을 놓아줄 수 있었을 것이고 낯선 곳으로 떠나는 일도 없었을 것이다.

안내표지판도 없는 명상센터는 오래된 주택들 사이에 자리 잡고 있었다. 그곳은 주변의 주택과 다를 바가 없었는데 대문 옆에 세워진 불상 하나가 이선의 시선을 잡아끌었다. 유럽식 집 모양새와는 어울리지 않았지만 가부좌를 틀고 앉은 모습은 한국의 사찰 어디에서나 볼 수 있는 불상과 다르지 않았다. 이선은 왼손 검지로 오른손을 감싸 쥐고 있는 불상을 한참 동안 보고 섰다가 주소를 한 번 더 확인한 뒤 벨을 눌렀다. 대문이 열리자 딸랑, 풍경 소리와 함께 동양인으로 보이는 여자가 얼굴을 내밀며 합장을 했다. 생각지도 못한 인사법에 놀란 이선은 엉겁결에 두 손을 모으고 고개를 숙였다. 여자는 무슨 용무로 온 것이냐, 누굴 만나러 온 것이냐 등과 같은 기본적인 질문을 한 뒤 안으로 안내했다. 마치 예약 손님을 맞듯 아무 거리낌 없는 태도였다. 문을 열고 들어서자 작은 정원이 펼쳐져 있었다. 건물은 정원을 중심으로 디귿자 형태로 지어져 있었는데 대문에서 마주 보이는 건물 양쪽으로 별채

가 딸린 구조였다.

　여자는 자갈이 깔린 정원을 소리도 없이 앞장서 걸어갔다. 이선은 자박거리는 발소리를 내지 않기 위해 발뒤꿈치를 들고 따라 걸으며 주변을 두리번거렸다. 넓지 않은 정원 주변으로 빨갛고 하얀 장미가 줄지어 피어 있는 것이 보였다. 이곳 분위기와는 어울리지 않았지만 누군가의 살뜰한 손길이 느껴져 쉽게 눈길을 거둘 수가 없었다. 눈을 가늘게 뜨고 보면 빨간 장미와 흰 장미가 하나로 합쳐져 분홍색 장미로 보여요. 여자가 뒤돌아보며 말했다. 그리고는 농담입니다, 하고는 다시 앞장서 걸었다. 이선은 잠시 눈을 가늘게 뜨고 장미를 바라보았다. 장미는 빨갛고 하얗게 보일 뿐이었다.

　마당을 지나 실내로 들어서자 향냄새가 코끝을 자극했다. 은은한 향냄새를 맡자 한순간에 여독이 풀리는 느낌이었고, 여기까지 오게 된 긴 여정이 파노라마처럼 머릿속을 스쳐 갔다. 마크 페리노의 도움이 없었다면 여기까지 오는 것은 불가능했을 것이다. 이선과 마크 페리노는 몇 년 전 국제소수언어 학술대회에서 만났고, 이후 간간이 안부를 전하며 지냈다. 그런 그에게 부탁을 한 건 이번이 처음이었다. 벤팅크섬의 그 부족어를 쓰는 사람이 아직도 있어? 그 사람들이 어디에 사는지 알 수도 있어? 마크 페리노는 호주 소수 언어에 관한 논문을 여러 번 발표한 적이 있었다. 그는 특정 소수 언어를 쓰는 사람에 대한 종단연구를 지금도 계속하고 있었다. 그들의 생존은 곧 언어의 생멸과 연관되었고, 하여 한 언어의 마지막 발화자와 청자가 될 수도 있는 그들의 움직임을 추적하고 있다고 했다. 그의 연구자료에 있는 생존자는 몇 명 되지 않았다. 대부분 오래전에 벤팅크섬을 떠난 사람들이었다. 비록 섬을 떠나긴 했지만 그들은 이 세상에 남은 벤팅크섬 소수 부족어의 마지막 화자이자 청자들이었다. 완벽한 구사는 힘들어도 소통은 가능한 사람들. 그들 중 한 명이 밀라 레스티엔이었다. 밀라는 호주에서 대학을 졸업한 뒤 프랑스로 떠났고 파리에서 전공을 살려 오랜 세월 디자인 계통에서 일을 하다가 몇 년 전부터 이곳 르아브르의 명상센터에 머물고 있었다. 그리고 그 아래 적힌 이름 네바에…… 부족어 이름은 마르디나, 한국식 이름은 진명애. 벤팅크섬에서 태어난 그녀는 호주 국립대학에 다니던 중 특별연구원 자격으로 와 있던 한국인 남편을 만나 결혼했고 이후 지금까지 한국에서 살고 있다는 간략한 정보가 적혀 있었다.

마르디나.

이선은 그녀의 부족어 이름을 소리 내어 불러보았다. 어느 소수 부족에서는 위험한 동물이나 식물의 이름을 발설하는 것은 곧 위험을 초래하는 것과 같다고 간주했다. 그래서 '곰'을 곰이라 부르지 않고 그 동물이 취하는 비공격적인 음식의 이름을 대치해 '꿀'이라고 불렀다. 위험한 것을 위험하지 않은 이름으로 환유해 부르는 기도, 위험을 피해 갈 수 있게 해달라는 주술. 이선은 한동안 그녀를 어떻게 불러야 할지 몰라 아무런 호칭으로도 부르지 않았던 적이 있었다. 오래전 한 대학의 기초교육원에서 영어 수업을 했던 경험이 있다는 말을 들은 다음에야 이선은 그녀를 진 교수님이라는 호칭으로 부를 수 있었다. 그녀가 그 이력을 말해주지 않았다면 이선은 끝내 그녀를 무엇으로도 부르지 못했을 것이다. 부를 호칭이 없었기 때문에 마주하지 않은 상황에서는 말을 할 수가 없었다. 이선이 거실에 있고 그녀가 부엌에 있다고 치면, 이선은 자주 자리에서 일어나 그녀가 있는 부엌으로 가서 이야기를 해야 했다. 권 교수님과의 관계를 생각하면 호칭은 간단히 정리되었다. 사모님이라고 부르면 되는 일이었다. 하지만 이선은 호칭 대신 부엌과 거실을 오가는 쪽을 택했다. 마르디나를 사모님이라고 부르는 건 곰을 곰이라고 호칭하는 것처럼 위험하게 느껴졌다.

―거기서 말해요. 자꾸 자리에서 일어나는 게 불편해 보이네요.

거실과 부엌을 수시로 오가는 이선에게 그녀가 말했다.

―불편하지 않아요, 전혀.

이선은 걱정할 것 없다는 식의 과장된 제스처와 어투로 말했다. 그리고는 한마디를 덧붙였다. 불편하세요? 뱉어놓고 보니 그 말이 몹시 외설스럽게 느껴졌다. 그녀가 그렇게 느끼지 않았기를 바라며 눈치를 살폈다. 그녀는 아무 말 없이 그저 이선의 얼굴을 한 번 보고는 다시 하던 일을 했다.

그녀에게서 밀라 레스티엔이라는 이름을 처음 들은 건 어느 날 아침 나란히 앉아 커피를 마시고 있었을 때였다. 그날도 아침 일찍 권 교수님을 찾아갔다. 권 교수님은 북아메리카의 소수 언어에 관한 논문을 보강해 책으로 출간할 준비를 하고 있었고 이선은 권 교수님의 집필을 도왔다. 보강할 내용은 예상했던 것보다 훨씬 많았고 교수님은 밤잠까지 줄여가며 원고를 썼다. 그러던 중 갑자기 쓰러졌고 책을 내는 것은 요원한 일이 돼버렸다. 실은 갑자기, 라고 하기에는 교수님 가족들 중 뇌혈관 질병으로 투병하다 생을 마친 경우가 많았다. 가족력이 있었으므로 교수님은 언제나 그 순간이 찾아올 것을 두려워했다. 그것으로 교수님과 이선의 관계는 끝날 수도 있었다. 하지만 이선은 교수님이 곧 회복될 것이라고 믿었고 더불어 다시 집필을 이어갈 것도 확신했으므로 그날을 대비해 자료를 계속 보강하기로 했다. 무엇보다 마르디나 혼자서 교수님을 돌보는 것은 역부족이었다. 식사를 돕는 것부터 목욕을 시키는 것, 운동을 돕고 산책에 동행하는 것 등 해야 할 일은 너무나 많았고 그것은 누구라도 혼자서 해내기에는 어려운 일이었다. 이선은 평소처럼 매일 교수님 댁을 방문해서 자료를 보강했고 식사와 산책을 도왔다.

권 교수님의 몸은 빠르게 회복되었다. 하지만 언어 영역은 쉽게 돌아오지 않았다. 한 번도 들어본 적 없는 거친 말을 아무렇지도 않게 내뱉었고 의미를 알 수 없는 말을 혼자 중얼거리다가 이내 화를 내며 물건을 던지기도 했다. 그러다가도 한창 연구와 집필에 몰두하던 때처럼 책상에 앉아 책을 읽곤 했는데, 주로 읽는 책은 예전에 읽었던 『인류의 가장 위대한 발명의 진화』『언어의 상대성 원리』『기호 분석을 위한 연구』와 같은 책이 아니었다. 권 교수님이 연구자의 자세로 앉아 정성 들여 읽는 책은 『뇌졸중, 거뜬히 회복하기』『100% 치유 가능한 뇌졸중』『뇌에 좋은 음식들』과 같은 책이었다. 떨리는 손으로 밑줄을 긋고 중얼중얼 소리 내어 읽기도 했다. 지구상에 존재하는 언어는 7천 개 정도. 7천 개의 다른 언어, 그건 7천 개의 경계가 있다는 말이었다. 쉽게 넘나들 수 없는 선(線). 이선은 권 교수님의 알아들을 수 없는 중얼거림 역시 또 하나의 언어라고 생각했다.

—부담 갖지 말아요. 오지 않아도 서운해하지 않을 거예요.

마르디나는 매일 아침 이선이 방문할 때마다 같은 말을 했고 이선은 그 문장의 주어가 누구인지 그것이 더 궁금했다. 권 교수님이 서운해하지 않는다는 것인지, 마르디나 자신이 서운해하지 않는다는 것인지 물어보고 싶었다. 그날도 권 교수님은 늦은 시간까지 침실에서 나오지 않았다. 그런 교수님 대신 마르디나와 시간을 보냈는데 특별할 것은 없었다. 나란히 앉아 커피를 마시며 텔레비전을 보는 게 전부였다. 동쪽으로 난 창으로 아침 햇살이 들어와 거실은 주홍빛으로 물들었고 텔레비전에서는 아침 뉴스가 방송되고 있었다. 너무 밝은 햇살 때문에 텔레비전 화면이 잘 보이지 않아서 소리만 듣는 식이었는데, 뉴스 말미에 해외 토픽이 소개되던 순간 마르디나가 흡, 하고 숨을 멈췄다. 그녀를 놀라게 한 것이 무엇일까. 귀를 기울이자 낯선 단어 하나가 들려왔다. 벤팅크섬의 소수 언어 중 하나, 앵커의 입에서 긴 단어의 부족 이름이 반복되어 나왔을 때 마르디나는 몸을 앞으로 깊이 기울였다. 그리고 이어서 그 언어의 마지막 화자(話者)가 죽었다는 말이 들렸을 때 그녀는 앗, 소리를 지르며 들고 있던 커피잔을 급하게 내려놓았다. 하나의 언어가 영원한 과거 속으로 묻혔고 동시에 하나의 세계가 사라졌습니다, 앵커의 감상적인 멘트가 거실 안에 메아리처럼 울렸다. 이선이 급히 손수건을 내밀자 마르디나는 손수건을 받아 옷에 묻은 커피를 닦아냈다. 아니, 거기가 아니라…… 이선이 말했을 때 그제야 그녀는 자신이 눈물을 흘리고 있었다는 사실을 깨달은 것 같았다. 마르디나가 커피를 닦던 손수건으로 눈물을 닦으며 이제 우리 말로 이야기를 해줄 사람은 이 지구상에 아무도 없겠군요, 라고 중얼거렸다. 앵커가 했던 말보다 더 감상적인 말이었지만 어쩐지 그 순간에는 조금도 감상적으로 들리지 않았다. 뉴스에 소개된 소수 언어는 벤팅크섬에서 태어난 그녀의 모어(母語)였다. 하지만 그녀는 완전한 문장을 구사할 수준은 되지 못한다고 했다. 그녀의 부모는 원주민 동화 정책에 따라 격리시설에서 어린 시절을 보내며 모어 대신 영어를 배워야 했다. 강제로 언어를 빼앗긴 부모 밑에서 태어난 그녀는 처음부터 모어가 아닌 영어를 사용했고 따라서 부족어를 접할 기회는 매우 드물었다. 하지만 어른들은 여전히 자신들의 언어를 잊지 않으려고 노력했고 영어를 상용어로 쓰는 자식들에게 한 문장이라도 더 전하기 위해 노력했다.

　—어머니가 우리에게 언어를 전달하는 방법은 무섭고도 재미있는 이야기를 들려주는 것이었어요. 어머니 역시 어머니의 어머니에게 이야기를 들으며 자랐다고 했어요. 저 숲에 가면 마르부들이 살고 있단다. 파란 눈의 난쟁이들이지. 아이들을 잡으면 놓아주지 않는단다. 절대로 저 숲 깊이 들어가서는 안 돼. 어머니가 이 이야기를 들려줄 때마다 우리는 너무나 무서워서 부들부들 떨었답니다. 나중에 그 이야기를 남편에게 들려주었지만 남편은 조금도 무서워하지 않더군요.

　이선은 마르부 이야기를 들려주는 그녀와 그녀의 이야기를 심드렁하게 듣고 있었을 권 교수님의 모습을 떠올렸다. 그 이야기는 부족어로 했을 때만 두려운 이야기였음에 분명했다. 이제 그 이야기를 들려줄 마지막 화자가 세상을 떠났다. 이야기를 들려줄 수 없는 언어가 무슨 의미가 있을까요, 그녀가 말했다. 그리고는 이어서 밀라는 어떻게 살고 있을까, 하고 중얼거렸다. 밀라는 어린 시절을 함께 보낸 그녀의 둘도 없는 친구라고 했다. 우리끼리 있을 때는 누기라고 불렀어요, 누기 마즈넵. 밀라 레스티엔의 부족어 이름이었다. 부족어로 지은 이름은 은행 계좌의 비밀번호와 같이 사적인 영역이라서 아무에게나 알려주지 않는 것이 부족의 전통이라고 했다.

　—아주 가까운 사이가 아니면 알 수도 부를 수도 없는 이름이죠.

　그것으로 이선과 마르디나의 대화는 끝이었다. 마침 권 교수님이 마비된 한쪽 다리를 끌며 방문을 열고 나왔기 때문이었다. 마르디나가 재빨리 소파에서 일어나 교수님 쪽으로 다가갔다. 그 순간 이선은 자기도 모르게 한마디를 내뱉었다. 하지만 마르디나는 이선의 말을 듣지 못한 듯했다. 교수님이 넘어질 듯 위태로워 보였기 때문에 마르디나는 재빨리 뛰어가 부축했다. 이후 교수님을 부축해 소파에 앉히고 나서야 이선에게 뭐라고 한 것이냐고 물었지만 이선은 아무것도 아니라고 얼버무렸다.

─한국에서 왔다고요?

집 안으로 들어선 여자가 대뜸 한국말로 이선에게 되물었다. 처음 외모를 봤을 때부터 어느 정도 추측은 하고 있었지만 실제로 한국말을 듣고 보니 놀랍기도 하고 반갑기도 했다. 그건 여자도 마찬가지인 모양이었다. 오래전에 한국의 스님 한 분이 이곳을 암자로 삼고 수행을 하다가 떠났어요. 그 뒤로 명상센터로 쓰고 있는데 한국인이 방문한 것은 이번이 처음입니다. 그리고는 젊은 시절 한국을 떠나온 뒤 한 번도 고국에 돌아가본 적이 없다고 말하며 쓸쓸하게 웃었다. 그러고 보니 조금 전까지는 보이지 않던 이곳 삶의 방식이 새로이 눈에 들어왔다. 한국과 닮은 것이 많았다. 장식된 소품들도 그랬고 소파나 의자가 아닌 바닥에 앉아 생활하는 것도 그랬다. 게다가 이곳의 명상 프로그램은 한국 스님들의 수행 방식과 비슷하게 진행된다고 했다.

─침묵명상 중입니다. 묵언수행 같은 것이지요. 안거 시기에 맞춘 것입니다.

그러니까 몇 년째 이곳에 머물고 있는 밀라는 한국 스님들이 안거에 드는 시기에 맞춰 묵언수행에 들어갔다는 것이고, 이 기간이 끝날 때까지는 아무하고도 말을 하지 않는다는 것이었다. 만나서 묻고 싶었다. 아직 모어(母語)를 기억하고 있느냐고, 어린 시절에 같이 놀았던 마르디나를 기억하고 있느냐고. 그리고 알려주어야 했다. 마르디나가 몹시 그리워하고 있다는 것을.

　—필담은 할 수 있지 않을까요?

　—주고받으면 글도 대화니까요. 되도록 삼가지요.

안거 기간이 끝나려면 아직 일주일이 남아 있기 때문에 무작정 기다리라고 할 수는 없겠다면서 밀라에게 가서 말을 전해보겠다고 했다. 여자는 이선에게 차 한 잔을 내준 뒤 밖으로 나갔다. 밀라는 아마도 별채 중 하나에 머물고 있는 모양이었다. 이선은 천천히 차를 마시며 거실을 둘러보았다. 거실은 따로 꾸미거나 가꾼 흔적이 없었다. 그렇다고 해서 방치된 느낌이 드는 것은 아니었다. 오히려 빈 채로 그대로 둔 것이 인테리어라고 여겨질 만큼 비어 있는 것이 어울렸다. 무엇보다 이 공간의 특징을 가장 잘 드러내는 것은 향로 옆에 세워진 불상이었다. 대문 옆에 놓인 불상과는 달리 얼굴도 몸도 선명하지 않았다. 오랜 세월 사람들의 손에 의해 닳고 닳은 것처럼 형체가 흐려져 있었다. 얼굴은 눈과 코와 입이 마모되어 흐릿한 형체만 남아 있었고 몸과 손 모양도 만들다 만 것처럼 명확하지 않았다. 가부좌를 튼 다리가 아니었다면 그것이 불상이라는 것조차 알아보기 힘들 정도였다. 마모된 얼굴은 어떻게 보면 사람의 얼굴 같기도 했고 또 다른 각도에서

보면 코끼리처럼 보였고 어찌 보면 꽃봉오리처럼 보이기도
했다. 이선은 고개를 이리저리 돌려가며 불상의 얼굴을 살폈
다. 그 안에서 본래의 얼굴을 찾아보려고 애썼지만 고개를 돌
릴 때마다 매번 다른 형상이 눈에 들어올 뿐이었다. 매번 달
라지는 형상이라면 형상이 없다고 해야 할까. 이선은 버스 정
류장에 서 있는 이형을 발견했던 어느 날을 떠올렸다. 저녁
무렵 이선이 버스에서 내렸을 때 버스 정류장의 긴 벤치를 물
끄러미 내려다보고 있는 이형이 보였다.

—뭐 해?

—만져보면 딱딱한데 고체라고 확신할 수가 없어. 물처럼
보여서 앉을 수가 없어.

—벤치, 말이야?

—모든 게 다 그래.

이형은 이렇게 말하며 이선의 얼굴과 어깨, 손을 만졌다.
이선이 물로 만들어진 존재가 아님을 확인하려는 것처럼. 그
순간 이선도 이형을 만졌다. 지나가는 행인들이 그들을 쳐다
보았다. 남녀가 마주 보고 서서 서로를 만지고 있는 모습을
신기하다는 눈빛으로 구경했다. 하지만 이선은 계속 이형을
만졌다. 이형이 이선의 얼굴에서 손을 떼고 뒤로 물러섰을 때
조차 이선은 손을 거두지 않았다. 이형의 몸으로 들어가 이형
의 눈으로 세상을 보고 싶었다. 하지만 이형은 계속 뒷걸음질

을 쳤고 이선에게서 멀어졌다.

　밀라가 보고 싶다, 라는 마르디나의 말 한마디에 매달린 것은 이형이 두번째 시도 끝에 목숨을 끊은 뒤였다. 이형은 창가에 앉아 어느 날은 지나가는 사람의 숫자를 세었고, 어느 날은 트럭의 숫자를 세었다. 종종 버스 정류장에 앉아 지나가는 버스 번호를 적기도 했다. 이선은 외출을 했다가 돌아오는 길에 종종 그런 이형을 목격했지만 못 본 척 지나가버리기도 했다. 암호를 풀고 있어. 빨간 옷을 입은 사람이 지나갈 때 나뭇잎이 하나 떨어졌어. 빨간색 옷을 입은 사람 말이야. 그때 108번 버스가 지나갔다니까. 모르겠어? 이게 다 뭘 의미하는지 정말 모른단 말이야? 이형의 표정은 진지했지만 이선은 아무런 대답도 할 수 없었다. 이선은 알지 못했다. 이형이 언제부터 이런 말을 쓰고 있었는지, 언제부터 무작위로 일어나는 모든 순간들을 자신의 논리로 엮어내고 있었는지, 푸른 보름달이 뜨거운 운동장에서 두 개의 가방을 던졌잖아? 이형이 이렇게 물으면 이선은 어떤 대답도 할 수 없었다.

　―뭐라고?

　그래서 잘 듣지 못한 척 되묻기만 했다. 그리고 생각했다. 보름달이 뜬 날과 운동장과 두 개의 가방에 얽힌 추억이 있었는지. 먼 의미의 단어를 하나로 엮어내는 이형의 세상으로 들어가고자 했다. 하지만 이형의 세상엔 단 한 명의 발화자와 청자만이 존재했고, 이형의 언어를 번역해줄 사람은 아무도 없었다. 일 분 간격으로 태어난 이선은 이형의 언어를 이해할 수 있을 것이라고 생각했지만 불가능했다.

차를 다 마시고 한참 동안 거실을 둘러본 뒤에도 여자는 나타나지 않았다. 이선은 자리에서 일어나 문밖으로 나갔다. 바다에서 불어오는 시원한 바람이 얼굴에 닿았다. 이선은 머리카락을 매만지며 별채 쪽으로 귀를 기울였다. 아무런 인기척도 들리지 않았다. 집 전체가 고요했다. 불편하지도 어색하지도 않은 고요함이었다. 침묵도 언어가 될 수 있는 것일까. 어린 시절에는 부족어와 영어를 썼고, 이후 프랑스어를 쓰면서 생활했던 한 사람이 지금은 침묵의 영역에 머물고 있다고 생각하자, 침묵 역시 하나의 언어임에 분명하다는 확신이 들었다. 어서 밀라를 만나보고 싶었다. 이선은 천천히 별채 쪽으로 걸음을 옮겼다. 하지만 곧 걸음을 멈췄다. 자박자박, 자갈을 밟는 자신의 발소리가 너무 크게 들려서 더는 걸을 수가 없었다. 이선은 조심스럽게 몇 걸음 움직여 장미 앞에 멈춰 섰다. 눈을 가늘게 뜨고 보면 빨간 장미와 흰 장미가 하나로 합쳐져 분홍색 장미로 보일 거예요. 여자의 말을 떠올리며 이선은 눈을 가늘게 뜨고 장미를 응시했다. 하지만 아무리 노력해도 빨간색과 흰색의 경계는 허물어지지 않았다. 빨간 장미는 빨갛게, 흰 장미는 희게만 보일 뿐 분홍색으로 혼합되지 않았다.

—지프트어에는 로즈라는 말이 없어요.

르아브르로 오기 전, 파리에서 마크 페리노를 만났을 때였다.

—장미라는 말이 없다고요?

—버드라는 말도 없죠.

『지프트섬 모험기』라는 책에 나오는 이야기라고 했다. 원본도 없이 필사본으로만 남아 있던 것을 누군가가 도서관 깊숙한 보존서고에서 찾아내 겨우 세상에 모습을 드러낼 수 있었던 책이라고. 지프트섬 사람들이 사물을 분류하는 방식은 아주 특이했다.

—우리는 장미와 새를 완전히 다른 것으로 분류하잖아요. 식물과 동물은 하나의 망에 담을 수 없는 것처럼 철저히 나누죠.

하지만 그들에게는 그런 경계가 없었다. 로즈와 버드라는 말 대신 '러드'와 '보즈'라는 단어를 썼는데 가슴에 빨간 털이 난 새를 뺀 나머지 모든 새와 흰 장미는 러드였고, 흰 장미를 뺀 나머지 모든 장미와 가슴에 빨간 털이 난 새는 보즈였다.

—러드와 보즈?

—이상하죠? 그런 식으로 분류하다니 말입니다.

이선은 고개를 끄덕였다.

―그럼 버드와 로즈를 구분하는 것은 이상하지 않은 걸까요?

뜬금없는 질문이었다. 마크 페리노는 마치 이선을 시험하듯 질문을 해놓고는 한참 동안 아무 말이 없었다. 이선은 쉽게 대답할 수 없었다. 장미와 새를 구분하는 것만이 자연스럽고 그것을 구분 짓지 않는 것은 자연스럽지 못한 일이라고는 말할 수 없었다.

―그런데 거기가 어디죠?

이선은 대답 대신 지프트섬이 어디에 있는지 물었다. 그러자 마크 페리노는 어깨를 으쓱하며 고개를 갸웃거렸다.

―나도 모르죠.

지도 밖의 어디쯤, 아니면 지구 밖의 어디쯤? 그는 이렇게 덧붙였다.

―호주 원주민들은 언어를 곧 여권이라고 생각해요.

식은 커피를 한 모금 마신 뒤 마크 페리노가 말했다.

―그 영역의 언어를 알고 구사할 줄 안다는 것은 그곳에 있을 권리가 있는 사람임을 증명하는 것이라고 믿는 것이죠. 지프트섬 사람들을 이해할 수 있는 가장 좋은 방법이 지프트어를 이해하는 일인 것처럼 말이죠. 한 사람을 '하나의 나라'라고 본다면 그 사람의 영역으로 들어가기 위한 여권은 그 사람의 언어를 이해하고 구사할 줄 아는 것이겠죠? 궁금했어요.

이 언어를 쓰는 사람을 왜 알고 싶어 하는지.

마크 페리노가 물었다. 『지프트섬 모험기』에 관한 이야기를 했던 것도 이 질문을 하기 위한 포석이었다는 생각이 들었다. 하지만 이선은 쉽게 대답하지 못했다. 언젠가는 받을 질문이라고 생각하고 있었지만 막상 그 순간이 되자 선뜻 대답할 말이 떠오르지 않았다.

―혹시, 이 명단 중에 꼭 찾아야 하는 사람이라도 있는 겁니까?

꼭 찾고 싶은 사람이 있었다. 그 사람은 서로에게 유일한 화자이자 청자인 밀라 레스티엔이었고 마르디나, 명애였으며, 동시에 이형이었다.

―일주일 후에 다시 오는 게 좋겠어요.

언제 온 것인지 발소리도 없이 다가온 여자가 이선의 곁에 섰다. 여자는 영어와 한국말을 섞어가며 밀라의 상황을 설명하려고 애썼다. 하지만 더 애쓰지 않아도 된다는 뜻으로 이선은 고개를 끄덕였다. 알 것 같았다. 스스로 침묵 속으로 들어간 사람을 억지로 밖으로 끌고 나와서는 안 된다는 것을.

―알겠습니다. 일주일 뒤에 다시 오겠습니다.

당장 밀라를 만나고 싶었지만 고집을 부릴 수는 없었다. 일주일만 기다리면 되는 일이었다. 길지 않은 시간이었다. 명상

센터에서 나와 르아브르 해변을 걸었다. 해수욕을 즐기는 사람들과 킥보드를 타는 아이들, 애완견과 산책을 하는 사람들의 소리가 해변의 공기를 가득 채우고 있었다. 이선은 해변의 끝에서 끝까지 걸으며 우선 점심을 먹을까, 여유가 생겼으니 관광이라도 할까, 아니면 호텔을 먼저 정할까 등을 생각했다. 파도가 자갈 자갈, 소리를 내며 밀려왔다 밀려갔다. 파도 소리를 들으며 다시 뒤돌아 해변의 끝에서 끝까지 걸었다. 그리고 해변이 끝나는 지점에서 다시 뒤돌아 끝에서 끝까지 걸으며 고민했다. 점심? 관광? 아니며 호텔부터? 그 뒤에도 끝에서 끝까지 걸었고 다시 끝에서 끝까지. 전화가 먼저였다. 점심이나 관광, 호텔 등의 단어가 전화를 걸고 싶다는 마음을 무화시키지는 못했다.

—저, 이선입니다.

저쪽에서 한동안 말이 없었다. 전화기를 쥔 손에 힘이 들어갔다. 전화를 걸기에는 적당한 시간이 아니었는지도 모른다. 교수님을 케어하느라 전화를 받을 수 없는 상황이었을지도 모른다.

—오랜만이에요.

한참 후에 마르디나가 말했다. 교수님의 집을 마지막으로 방문하고 떠나온 뒤 계절이 바뀔 정도로 시간이 지났다. 하지만 그 시간에 대해서는 아무것도 말하지 않았고 다만 밀라에 대해서만 말했다.

—밀라를 찾았습니다.

—네?

마르디나가 의아한 목소리로 물었다. 고개를 갸우뚱거리는 그녀의 모습이 눈앞에 그려졌다.

—밀라를 만났다고요. 누기요. 르아브르에서 그녀를 만났습니다.

밀라를 찾았다고 해야 더 정확한 말이었지만 나는 밀라를 만났다고 말했다. 그것이 그녀를 더 기쁘게 할 말임에 틀림없었으니까. 그렇다고 거짓말을 한 것도 아니었다. 일주일이 지나면 밀라의 침묵수행이 끝날 테고 그렇게 되면 당연히 만날 수 있을 테니까. 마르디나는 아직도 이선이 무슨 말을 하는 것인지 모르겠다는 식의 침묵을 지켰다.

—누기 마즈넵!

갑자기 마르디나가 소리쳤다.

—하지만 왜? 왜 이선 씨가 밀라를?

마르디나는 왜, 왜, 라는 말을 반복했다.

—그때 약속했으니까요.

—무슨……?

—제가, 그날 했던 말……

마르디나는 이선의 말을 이해하지 못한 듯했다. 다시 긴 침묵이 이어졌다. 그리고 한참이 지난 뒤에야 무엇인가를 떠올린 듯 그녀가 아, 소리를 냈다.

—아, 그럼 그때 했던 말이……

벤팅크섬의 어느 소수 언어, 그 마지막 화자(話者)가 죽었다는 뉴스를 들었던 날 마르디나가 교수님을 부축하기 위해 소파에서 일어났을 때 이선이 했던 말은 밀라를 찾아보겠다는 것이었다. 눈물을 흘리는 것조차 의식하지 못한 채 울고 있던 그녀에게 손수건을 건네며 생각했다. 그녀가 그리워하는 밀라를 만나게 해주고 싶다고. 부족어로 마르부 이야기를 나눌 수 있는 누군가를 찾아주고 싶다고. 하나의 언어가 영원한 과거 속으로 묻혔고 동시에 하나의 세계가 사라졌다는 말은 너무나 비현실적으로 느껴졌고 믿고 싶지도 않았기 때문에 작지만 단호한 목소리로 그녀에게 말했다. 제가…… 찾아보겠습니다.

밀라는 떠나고 없었다.

일주일 뒤에 다시 명상센터를 찾아갔을 때 밀라는 그곳에 없었다. 여자가 안타까운 표정으로 밀라의 부재에 대해 알려주었을 때 이선은 정원에 핀 장미를 보고 있었다. 그새 시들해진 장미는 빨갛고 흰, 본래의 색을 잃고 갈색으로 변해가고 있었다.

—연락할 방법이 없어서 도리가 없었어요.

일주일 뒤에 만날 것을 확신한 나머지 전화번호조차 남기지 않은 것이 불찰이었다. 다시 찾아오면 당연히 밀라가 기다리고 있을 것이라고 그렇게만 생각했다.

—갑자기 사고 소식을 들었기 때문에 어쩔 수 없는 상황이었어요. 미안하다는 말을 전해달라고 하더군요. 그리고 곧 만날 수 있기를 바란다는 말도요.

밀라의 가족에게 불행한 일이 생겼다고 했다.

—어디로 갔나요?

—파리.

—멀지 않군요.

—하지만 거기서 오래 머물지는 않을 거예요. 호주로 갈 거라고 하더군요. 고향으로요. 하지만 다시 올 거예요. 언제가 될지는 모르지만 꼭 다시 올 거라고 했어요.

—파리 주소를 알려줄 수 있나요?

여자가 주소와 전화번호를 적어 이선에게 건넸다.

—지금 가려는 건 아니죠? 파리는 지금 물바다예요. 석 달치 비가 몇 시간 만에 쏟아졌다고 하더군요. 도시가 온통 물에 잠겼고 물에 휩쓸려 실종된 사람도 있다는 뉴스가 계속 나오고 있어요.

—가는 게 좋겠습니다.

이선은 전화번호가 적힌 종이쪽지를 한참 동안 들여다보다
가 다짐을 하듯 그렇게 말했다.

—한국으로 가시나요?

—찾아가보려고요.

—네?

—밀라가 간 곳으로요.

—하지만 파리에 있을 것이라는 보장도 없는데…… 게다
가 파리는 지금 너무 위험해요. 무슨 까닭인지는 모르지만 조
금만 기다리면 여기서 만날 수 있을 거예요.

까닭이 없었다. 이형이 못질을 완료한 그 시간 이후로 이선
은 까닭 없는 일에 몰두했다. 그것만이 이형을 만날 수 있는
유일한 방법인 것 같았다.

—어쩌면 벌써 호주로 떠났을 수도 있어요. 우선 전화로 확
인부터 해봐요.

—가서 없으면 또 떠난 곳으로 가볼게요.

—가더라도 지금은 안 돼요. 위험해서 안 돼요. 거기 사는
사람들도 피난을 간다고 하는데 그쪽으로 가다니요. 말도 안
돼요.

여자는 필사적으로 이선을 막았다. 그러면서 밀라에 대해
걱정했다.

—밀라는 괜찮을까요?

뉴스에 따르면 강이 범람해서 가옥이 물에 잠겼고 사망자까지 발생한 상태였다. 밀라가 무사할 것이라고 장담할 수 없는 상황이었다. 그래서 더더욱 가야 했다.

—내일 아침 일찍 기차를 타야겠어요.

—기차역도 물에 잠겨 폐쇄되었다고 하던데, 확실한 건 아니지만요.

기차가 운행하지 않는다면 버스를 타야 했다. 확실한 건 이대로 앉아서 밀라가 다시 오기를 기다리고 있을 수만은 없다는 것이었다. 하염없는 기다림이야말로 폭우보다 더 위험했다. 하늘을 올려다보았다. 청명했다. 기차로 두 시간 거리에 있는 도시가 물바다로 변했다는 사실이 믿기지 않았다.

똑똑똑.

이선이 문을 두드렸다. 안에서 누군가 나올 때까지 똑똑똑똑 계속 두드렸다. 드디어 문이 열리고 누군가가 거기 서 있었다. 환한 미소와 반짝이는 눈을 가진 누군가를 상상하며 문 안쪽으로 한 발을 들이밀었다. 그 순간 발이 아래로 쑥 빠지면서 몸이 기우뚱거렸다. 그리고 이내 아래로 떨어졌다. 아래로 더 아래로 한없이 떨어지다가 이형을 보았다. 공중에 떠 있는 이형. [너, 여기서 뭐 하는 거야?] 이선이 물었다. 입에서 나온 말은 곧 물방울이 되었다. [너, 왜 죽으려고 했던 거야? 왜 죽은 거냐고?] 이선이 다시 물었다. 말의 물방울을 보며 이형이 대답했다. 이형의 입에서도 물방울이 흘러나왔지만 이선은 알아들을 수가 없었다. [무슨 말인지 모르겠어. 다시 말해봐. 한 번 더 말해줘.] 이선은 이형을 보며 애원했지만 이형은 평온한 얼굴로 입을 벙긋거렸다. 이형이 입을 벙긋거릴 때마다 나오는 물방울의 언어. 그 자리에 멈춰 이형의 언어를 배우고 싶었지만 아래로 떨어질 뿐이었다. 쿵, 하고 바닥에 부딪혔다고 생각하는 순간 바닥은 이내 물로 변했고 이선은 어디에도 닿지 못한 채 계속 추락했다. 문을 두드리는 꿈은 좀체 깨지 않았다.

저 멀리

일요일 오전, 이수와 주연은 아이의 손을 양쪽에서 하나씩 잡고 리빙 디자인 페어가 열리는 전시관으로 향했다. 전시관은 도시의 북쪽 끝에 위치한 컨벤션 센터 안에 있었다. 무엇인가를 관람하는 것에는 관심이 없었지만 부엌용품에는 관심이 많았던 주연이 남자 둘을 데리고 나선 길이었다. 이수는 운전을 해줄 수 있는 것만으로도 좋다고 하였고, 아이는 같이 놀러 가는 것만으로도 좋은 것 같았다. 그날을 떠올리면 뚜렷하게 기억에 남을 만한 추억은 없었다. 다만 그때 사가지고 온 물건이 그날 그곳에 갔었던 사실을 증명해주며 싱크대 선반에 놓여 있다.

전시를 보고 나오던 주연이 출구 바로 옆 작은 부스 앞에 멈춰 섰다. 전시회에 출품된 작품과 똑같은 물건을 판매하는 부스였다. 주연의 눈길을 잡아끈 것은 하얀 바탕에 아랫부분이 파란색으로 그러데이션 된 밥그릇과 국그릇 세트였다. 구성원 간 적당한 거리를 유지하며 살아가는 어느 핵가족의 깨끗한 부엌과 담백한 식사를 연상시키는 그 그릇들이 주연의 마음을 빼앗았다. 디자이너의 작품인 만큼 식기 가격치고는 고가였다. 주연은 높은 가격에 잠깐 멈칫했지만 이내 주문을 했다.

—시멘트로 만들었다는 건 아무도 모를 거예요.

직원이 포장된 그릇을 내밀며 말했다.

—시멘트요?

—대단하죠? 시멘트로 이런 식기를 만들다니요.

—시멘트?

주연은 생각지도 못한 시멘트라는 말에 받아 들었던 그릇을 다시 내밀 뻔했다. 사용하다가 환불을 요청하는 것도 아니고 포장된 것을 물리는 것뿐이니 지금이라도 구매 의사를 철회할 수는 있을 것이다.

—걱정 마세요. 독을 완전히 제거했기 때문에 인체에는 무해하니까요.

직원이 주연을 보며 해맑게 웃었지만 주연은 웃을 수가 없었다. 주연은 그 식기를 무겁게 받아 들고 집으로 돌아왔다. 이수가 아이를 데리고 주연의 집에 오는 날이면 그들은 그 그릇에 밥과 국을 담아달라고 했다. 이게 시멘트로 만든 그릇이란 말이지! 이수는 밥을 먹을 때마다 감동했고, 아이는 시멘트로 만들었다는 것이 무슨 의미인지 모르는 듯했지만 아빠를 따라 와, 와, 했다. 하지만, 주연은 그것을 사용하지 않았다. 시멘트는 벽을 쌓거나 다리를 놓는 데 쓰는 것인데…… 독을 제거하면 시멘트가 밥그릇과 국그릇을 만들어도 되는 다른 어떤 것이 되는 것일까.

독을 제거해야 하는 식재료는 거의 쓰지 않았다. 감자 싹이 났을 때 감자를 통째로 버릴지 싹 부분만 도려낼지 의견이 분분했던 일은 몇 번 있었지만 대개 금옥 여사님의 지시에 따라 버리기도 하고 사용하기도 했다. 많이 넣으면 다 독이지 독 아닌 게 어딨어? 이렇게 말한 사람은 금옥 여사님이다.

─그렇다고 그렇게 싹 우려내버리면 그게 음식이야? 맹탕이지.

버섯전골에 우엉을 식재료로 사용하던 날이었다. 신입 조리원이 한참 동안 우엉을 물에 담가두었다가 새까맣게 된 물을 버리고 다시 새 물을 받아 담가두려고 하자 금옥 여사님이 손사래를 치며 나무랐다.

―물에 살짝 씻기만 해도 돼. 떫은맛도 맛인데 그렇게 싹 우려내면 그게 무슨 우엉이야?

떫은맛을 제대로 제거하지 않으면 음식 맛을 버린다는 교과서적인 요리법과 달리 금옥 여사님의 시계에 맞춰 물에 살짝 담갔다가 조리를 하면 우엉 본연의 맛이 훨씬 풍부하게 느껴지는 것은 사실이었다. 금옥 여사님은 계량컵으로는 설명되지 않는 손맛을 믿는 사람이었고 그렇게 조리한 음식을 내놓으면 누구든 불평 없이 맛있게 먹었다. 조리실에서 권력자는 맛을 내는 사람이었고 주연은 그 사실을 기꺼이 받아들였다. 언제나 부엌에서만큼은 최고의 권력자였던 엄마처럼.

엄마는 재료를 아끼는 주부가 아니었다. 좋은 결과물을 예측하고 조리 과정에서 일어나는 손실은 기꺼이 감수할 줄 아는 지혜로운 사람이었다.

―아끼는 게 다 좋은 건 아니다. 껍질을 얇게 깎는 게 무조건 미덕은 아니라고.

―그럼?

―껍질 조금 아끼려다가 음식을 통째로 망친다니까.

―아끼지 말라고?

―아껴야지. 아낄 것을 아껴야지.

―어렵네.

―성질을 알면 어렵지도 않아. 한 몸같이 보여도 위아래 성

질이 다르니까.

엄마는 무청이 달린 부분과 하얀 뿌리 부분을 가리키며 음식마다 들어가는 부위가 다르다고 했다. 주연도 잘 알고 있었다. 하지만 무조림을 할 때 껍질을 두껍게 깎아야 한다는 것은 알지 못했다. 껍질과 과육의 익는 시간이 달라 과육이 알맞게 익으면 껍질은 딱딱하고 껍질이 익으면 과육은 너무 익어버리니 밸런스를 맞추기 위해서는 껍질을 두껍게 깎아야 한다는 것이다. 엄마는 어디서 이런 것들을 다 배웠을까. 주연은 엄마의 입에서 나오는 말을 한마디도 놓치지 않으려고 노력했다.

—심줄 보이지? 이 안쪽까지 깎으면 돼. 아까워 말고. 음식을 해서 버리는 것보다 재료를 조금 버리는 게 낫지 않겠니?

아, 주연은 고개를 끄덕거렸다. 음식을 다 해서 버리는 것보다는 재료를 조금 버리는 것이 훨씬 경제적이지만 주연은 음식을 다 한 뒤 버리는 쪽을 택하는 타입이었다. 어떻게 될지 모르니 조리를 해보자는 식이었다. 그런 주연이 이수와의 관계에서는 그렇지 못했다. 이수는 틈틈이 시를 쓰고 있었다. 써놓은 시가 많다고 했다. 시립도서관에서 실시하는 글쓰기 강좌에 자주 참여했고 시를 쓰면서 서로의 시를 합평해주는 모임에도 주기적으로 나가고 있었다.

—푸에고섬의 토인들이 사용하는 말 중에 일곱 개의 음절

로 된 하나의 낱말이 있어. 두 사람이 원하고는 있지만 자기로서는 하고 싶지 않은 일을 상대방이 하겠다고 나서기를 바라면서 서로 바라보고 있다, 라는 뜻의 낱말, 뭘까?

이수가 작은 수첩을 들여다보며 주연에게 물었다. 이수의 수첩에는 많은 것이 적혀 있었다. 일기를 적을 때도 있고, 전화를 받으면서 메모를 할 때도 있고 신문이나 뉴스를 보면서 알게 된 새로운 정보를 적어놓을 때도 있었다.

—저 멀리.

한참 동안 주연의 대답을 기다리던 이수가 말했다.

—저 멀리?

—저 멀리, 라는 단어를 그 섬나라 사람들은 이렇게 길게 말한대.

—너무 길어서 일생에 한 번도 쓸 일이 없을 것 같아.

—그러게 말이야. 일생 동안 한 번도 쓸 일이 없으면 얼마나 좋을까?

그때 주연은 이수에게 약속하고 싶었다. 그렇게 만들어줄게, 라고. 이수는 이혼한 뒤 어린 아들을 양육하고 있었다. 주중에는 이수의 부모님이 아이를 돌봤고 주말에는 이수가 아이를 보는 식이었다. 아이를 데려오는 주말이면 이수는 갈등했다. 주연을 만날지 아이와 시간을 보낼지 우선순위를 정해야 했고 차순위로 밀린 사람에게는 사과를 해야 했다. 다음

주에는 꼭 함께 시간을 보내자. 이수의 그 말이 주연에게 헛되게 들린 것처럼 아이도 이수의 말에서 오지 않을 것 같은 미래를 억지로 찾으며 눈물을 참았을 것이다.

—같이 만나.

—괜찮겠어?

—언젠가는 만나야 될 사이잖아. 아이만 괜찮다고 하면 나는 좋아.

—당연히 좋아할 거야.

—어떻게 알아?

—내가 아빠니까.

주연은 이수에게 좋은 아빠가 분명하다고 말해주었다.

—고마워.

이수는 기분이 좋은 것처럼 말이 많아졌다. 주연이 전처와는 다른 여자라서 좋다, 라고 했고 영양사니까 가족의 건강 걱정은 하지 않아도 되겠다, 라고도 했다. 이수는 들뜬 사람처럼 보였고 자주 주연의 표정을 살폈다. 아이한테 좋은 엄마가 될 게 분명하다, 라는 말도 했다.

—601호가 병원장님을 찾아갔대요.

점심 배식 준비를 마친 뒤 식당 한쪽에 자리를 잡고 앉았을 때였다. 신입 조리원이 비닐봉지에서 귤을 꺼내며 말했다.

─미화원 언니들이 청소하다가 봤대요.

─또 601호야?

금옥 여사님도 들은 게 있는 것 같았다.

─이런 일이 또 있었어요?

신입 조리원이 묻자, 금옥 여사님은 특이한 산모는 언제나 있는 거라고, 대수롭지 않은 일이라고 했다. 길어도 이 주일이면 나갈 사람들인데, 평생 여기서 살 것처럼 항의를 한단 말이야. 하긴 어디서나 열심인 사람들이 있으니까. 금옥 여사님이 귤을 하나 까서 입에 넣으며 말했다. 끝맛이 시큼한지 미간을 찌푸리며 고개를 심하게 흔들었다.

─모유가 제대로 안 나오는 601호한테 간호사가 짜증을 냈다고 하더라고요. 아기가 엄마 젖을 못 먹으니까 살이 안 오른다면서요. 간호사가 자신을 짐짝처럼 취급했다고 울고불고 난리를 쳤대요. 그 간호사를 데리고 와서 사과시키라고 했다는데요.

─간호사 누구?

금옥 여사님이 물었다.

─모르죠. 601호 말이 사실인지도 모르겠어요. 하도 따지고 드니까 병원장님도 그냥 알았다고, 조치하겠다고 하고는 돌려보냈대요.

601호는 마흔네 살에 첫아기를 낳은 산모였다. 산모는 건강했지만 아기는 어깨에 커다란 반점을 가지고 태어났다. 601호 산모는 그것 때문에 예민했고 수시로 병원 안을 돌아다니며 간호사와 의사에게 날카롭게 따졌다. 출산 과정에서 잘못된 것이 있는 것은 아닌지, 출산 과정을 찍은 CCTV가 있는지, 그런 것도 안 찍어두면 자기처럼 의료사고가 생겼을 때 어떻게 하느냐고 병원 사람들을 붙잡고 항의를 했다. 601호가 화를 낸 건 음식 때문이 아니었다. 조리실하고는 상관없는 항의였지만 주연은 601호 산모에게 신경이 쓰였다. 직원들이 모두 퇴근한 조리실에서 주연은 아기에게 젖을 먹이려고 애쓰는 산모를 떠올렸다. 반점이 있는 아기의 어깨를 어루만지며 젖을 먹이려고 애쓰는 엄마. 주연은 얼굴도 모르는 601호에게 무엇인가 좋은 것을 먹이고 싶었다.

엄마한테 맛있는 걸 대접하고 싶다고 했다. 주연이 엄마와 함께 살게 된 뒤로 오빠 내외가 엄마를 모시고 외식을 하는 것은 이번이 처음이었다. 엄마가 뭘 좋아했지? 엄마가 좋아할 만한 식당으로 가고 싶은데 고를 수가 없어. 오빠가 말했다. 엄마가 음식을 먹는 모습이 떠오르질 않아. 지금까지 엄마하고 수없이 밥을 먹었는데 엄마가 먹는 모습을 한 번도 본 적이 없는 것 같아. 내 기억 속에 왜 그 장면이 없는 거지? 주연도 같은 생각을 했다. 불과 몇 시간 전에 엄마와 마주 앉아 밥을 먹었는데 엄마가 먹는 모습을 그려보려고 하자 잘되지 않았고 엄마가 음식을 맛있게 먹었던 기억이 떠오르지 않았다. [엄마 모시고 나와] 오빠 내외가 집 앞에 도착했다고 문자를 보내왔다. 주연이 외투를 걸치며 거실로 나왔을 때 집 안이 엉망이라는 것을 깨달았다. 오빠가 기다리고 있었지만 주연은 외투를 벗고 분리수거를 시작했다. 플라스틱과 유리병과 종이를 분류하여 현관에 하나씩 내놓았고 일반 쓰레기봉투까지 내놓았을 때 외투와 모자를 쓴 엄마가 주연을 바라보고 있었다. 주연이 벗어두었던 외투를 다시 입고 분리수거한 박스와 플라스틱이 든 비닐봉지를 한꺼번에 들어보려고 애쓰고 있을 동안에도 엄마는 가만히 서 있었다. 그러다가 문득 생각이 난 것처럼 텔레비전 옆에 놓인 액자를 들여다보더니 우리 사진이네. 아빠도 있어, 오빠도 있고, 하고 중얼거렸다. 그리고는 이렇게 물었다.

―아빠는 어딨어?

엄마의 불분명한 발음을 제대로 알아듣지 못해 주연은 몇 번을 더 물은 다음에야 엄마의 말이 무슨 뜻인지 알아들었다. 닫힌 방 중 어딘가에 아빠가 있다고 할지 잠깐 생각했다. 하지만 아빠는 이미 죽었고 엄마는 왜 자꾸 그 사실을 잊어버려서 딸의 속을 태우느냐고 소리를 지르고 싶기도 했다. 주연은 들고 있던 박스와 플라스틱을 던지듯 내려놓았다. 빈 플라스틱 쓰레기가 바닥에 떨어지면서 큰 소리가 났지만 엄마는 들리지 않는 사람처럼 사진과 탁자 위에 쌓인 먼지에 신경을 쓰고 있었다. 엄마는 그런 사람이 아니었다. 주연이 신발을 신기 편하도록 바깥으로 놓아주던 사람이었고 짐을 드는 척만 해도 달려와서 뺏어 들며 무거운 걸 들지 못하게 하는 사람이었고 도와달라고 말하는 것이 세상에서 가장 힘든 말이라는 것을 누구보다 잘 알기에 도움을 요청하지 않아도 도와주는 사람이었다. 그런데 이제는 아무것도 알지 못하는 사람이 되어 있었다. 주연은 짐이 많고 무거워서 화가 났고 화가 나서 울고 싶었다. 주연은 다시 쓰레기를 끌어모아 챙겨 들고 문을 열고 집을 나섰다. 엄마는 유유히 거실을 오가며 사진을 구경하고 있었다. 얼른 나와, 엄마. 이 말을 하는 것이 힘에 겨워 주연은 잠깐 그 시간을 정지시켰다. 아무것도 하지 않고 아무 말도 하지 않았다. 숨도 쉬지 않은 채 꾹 참았다. 엄마를 두고 가도 된다면 그렇게 하고 싶었다. 이대로 이수와 아이에게 달려가 시멘트로 만든 그릇에 밥과 국을 담아 우리 셋이 먹자고 말하고 싶었다. 후, 주연은 참았던 숨을 토해냈다. 멈추었던 시간이 다시 흘렀다.

—엄마, 얼른 나와.

엄마는 천천히 현관으로 나와 느긋하게 신발을 신었고 가방을 크로스로 멘 채 두 손을 나풀거리며 주연을 향해 웃었다.

—엄마.

　주연은 몇 번이나 소리 내어 엄마를 불렀다. 하지만 엄마는 아무것도 듣지 못한 사람처럼 가볍게 걸어갔다. 나풀나풀 걸을 때마다 엄마의 발에서 신발이 미끄러지듯 벗겨졌다. 엄마는 주연의 신발을 신고 있었다. 주연은 자신의 신발을 신은 엄마를 보면서 며칠 전 화장실 문을 열어둔 채 화장실 바닥에 앉아 소변을 보던 엄마의 모습을 떠올렸다. 엄마는 점점 모든 것이 아무렇지 않은 사람이 되고 있었다. 그 모든 걸 바라보는 것은 주연의 몫이었다. 이수와도 나눌 수 없는 것이었다.

　주연이 엄마와 함께 살게 된 것은 누구의 강요도 아니었다. 자연스럽게 그렇게 된 것인데, 종종 주연은 떠맡았다, 라는 단어를 떠올리는 자신을 증오했다. 새언니는 시간을 낼 수 없으니 돈을 보태겠다고 했다. 어머님은 착한 치매인 것 같아요. 얼마나 다행이에요. 착한 치매라는 말은 호상이라는 말처럼 위로가 되지 않는 말이었다. 엄마가 깜빡깜빡하는 것을 알게 된 것은 오래전이었지만 치매라고는 생각하지 못했고, 주연이 치매에 걸린 엄마와 살게 될 것이라는 생각은 더더욱 하지 못했다. 이수와 같이 사는 상상만을 했던 주연이었다.

　오빠 내외가 엄마와 시간을 보내는 동안 주연은 이수와 단둘이 만났다. 아이와 함께 만나기 시작한 뒤로 셋이 만나는 날이 많았지만 아이를 빼고 만나는 주말도 있었다. 단둘이 만났을 때 이수는 아이에게 동생이 생기면 어떨지 이야기를 했다. 그 말이 너무 다정해서 주연은 이수를 놓아주지 않았고 영원히 행복하게 해줄게, 라는 말을 하고 싶어서 견딜 수가 없었다. 크리스마스를 맞은 것처럼 다른 날들은 모두 잊어버렸다. 이수는 아빠의 시를 들으며 말을 배우는 아이를 상상해보았다고 했다. 주연은 이수의 모든 시간과 공간에 자신이 존재하는 것 같아서 좋았다. 하지만 엄마와 함께 살게 되면서부터 모든 것이 변했다. 이수와 아이를 집으로 부를 수 없어 밖에서 급하게 식사를 하고 헤어져야 했던 것은 아무것도 아니었다. 모든 행동이 조금씩 성질을 달리했고 전에는 조금도 힘들지 않던 일을 할 때조차 애를 써야 했다.

―다음에는 같이 만나.

오빠가 엄마를 데리고 집으로 오기 전에 서둘러 돌아가야 한다고 했을 때 이수가 말했다.

―엄마하고 같이?

―언젠가는 만나야 될 사이잖아. 어머님만 괜찮다면 나는 좋아.

주연은 이수에게 미안한 마음이 들었다. 고마운 마음이 더 컸다.

―엄마가 좋아할지 모르겠어. 물어볼게.

―당연히 좋아하실 거야.

―당연히?

딸이 만나는 남자가 이혼하고 아이를 양육하고 있긴 하지만 치매에 걸린 노모를 봉양하는 처지는 아니므로 좋아할 것이라는 뜻인가. 주연은 순간적으로 이수와 멀어진 것 같았다.

―아이는 부모님 댁에 맡기면 돼. 엄마가 아이 데리고 놀이동산에 가고 싶어 했거든.

―나이가 있으니까 잘 챙겨드려.

―나보다 더 건강한 분이야.

―우리 엄마도 이렇게 될 줄 몰랐어. 그래서 하는 말이야.

―엄마한테는 아빠가 있으니까.

이수의 부모님은 아이를 봐줄 정도로 건강했고 아이를 데리고 놀이동산에 갈 정도로 활기차게 생활했으며 여전히 운전이나 장거리 여행도 가능했다. 한 번도 만난 적 없는 이수의 부모님이 건강하다는 사실에 주연이 왜 마음이 꼬이는지 알 수 없었지만 그날 이수와 헤어질 때까지 이수의 눈을 제대로 바라보지 않았다. 주연의 마음이 꼬인 것도 있었지만 이수역시 다른 날과는 달랐다. 아이를 데리고 주연을 만날 때와는 분명 달랐다. 다른 표정이었고 다른 말투였다. 주연이 엄마만 아니었다면 그날의 이수를 보면서 멋있다고 여겼을 것이다. 무난하고 화목한 가정에서 자란 티가 나는 자신감 넘치는 남자로 보였으니까. 그런 남자와 가정을 꾸리고 아이를 낳을 상상을 하면서 행복해했을 것이다. 하지만 그날의 이수에게 주연은 아무 말도 하고 싶지 않았다. 그 순간 주연에게 이수는 또 다른 엄마였다. 주연에게 엄마는 언제까지나 풀 수 없는 어려운 문제였고 그 문제 해결에 참여하지 않는 이수 역시 또 하나의 문제가 돼버린 것 같았다.

주연이 601호에 직접 배식을 하겠다고 한 것은 즉흥적이었다.

오전 간식 배식을 마친 뒤 휴식을 취하던 중 601호 이야기가 나왔고 주연은 계속 601호 산모에게 신경이 쓰이던 참이었다. 흑미밥과 들깻가루를 넣은 미역국, 소고기로 속을 채운 표고버섯전과 물엿을 넣지 않고 부드럽게 무친 명엽채볶음, 부추와 숙주를 넣은 오리불고기와 시금치 프리타타, 그리고 바나나와 요거트까지 곁들인 점심 식판을 들고 601호로 향했다. 엘리베이터를 타고 육층으로 올라가는 동안 쟁반에 놓인 플라스틱 식기들을 내려다보았다. 식기는 뚜껑이 덮여 있었지만 어떤 음식이 어떤 그릇에 담겨 있는지는 다 알 수 있었다. 밥과 반찬들이 어떤 과정을 거쳐 식판에 올려졌는지도 다 알고 있었다. 그래서 뿌듯했고 때로는 못마땅했고 더러는 부끄러웠다.

601호 앞에 다다랐을 때 안쪽에서 사람들의 목소리가 새어

나왔다. 주연은 식판을 한쪽 팔로 받치고 노크를 한 뒤 문을 열었다. 병실 안은 사람들로 가득 차 있었다. 침대 위에는 산모와 중년 여자가 앉아 있었고 온돌바닥에는 부모나 시부모로 보이는 노부부가 다리를 쭉 펴고 앉아 있었다. 노부부 앞에 의자를 놓고 앉은 사람은 산모의 남편처럼 보였다. 사람들은 모두 뭔가를 먹고 있었다. 고깃국 냄새와 과일 냄새가 뒤섞여 있었고 튀긴 음식 냄새도 났다. 바닥에 앉은 노부부는 고사리가 든 고깃국을 한 그릇씩 들고 후루룩 소리를 내며 먹고 있었다. 옆에는 고깃국이 담긴 냄비가 보였다. 이 많은 음식을 어떻게 다 들고 들어올 수 있었을까. 산후조리원에 음식 반입은 금지되어 있었지만 어느 정도는 눈감고 지나갔다. 하지만 이 정도의 음식 반입은 본 적이 없었다. 말없이 고깃국과 편육 등의 음식을 먹고 있는 이들을 보던 주연은 마치 장례식장에 온 기분을 느꼈다. 주연은 신발을 벗고 온돌바닥에 올라섰다. 하지만 식판을 어디에 놓아야 할지 알 수가 없었다. 침대 위 식탁에는 이미 많은 음식들로 가득했고 서랍장 위에도 식판을 놓을 만한 자리는 없었다. 그때 산모가 그냥 바닥에 내려놓으세요, 라고 했다. 주연은 뭔가 잘못 들었나, 하는 눈빛으로 산모를 바라보았다.

　—그냥 바닥에 두면 나중에 먹을게요.

　산모가 다시 한번 크게 말했을 때 사람들이 일제히 먹는 걸

중단하고 주연과 식판을 번갈아 바라보았다.

　―하지만 식판을 바닥에 내려놓는 건 좀 그렇잖아요?

　주연이 산모를 보며 말했다.

　―괜찮아요. 바닥에 다른 음식도 있잖아요. 바닥에 내려놓으면 이따 먹을게요.

　―그래도 병원장님께서 특별히 더 신경 쓰라고 하셨고……

　주연이 이렇게 말하자 갑자기 산모가 침대에서 내려와 주연에게 다가왔다. 그리고는 다짜고짜 주연이 들고 있던 식판을 받아 들었다. 식판에 놓여 있던 바나나가 바닥에 떨어졌지만 아무도 신경 쓰지 않았다. 주연은 산모를 바라보다가 바닥에 떨어진 바나나를 식판에 올려두고 병실을 나서려고 했다.

　―병원장님이 뭐라고 했는데요? 근데, 이름이 뭐예요? 조리실 직원이에요?

　산모가 주연의 이름을 물었다. 항의를 할 때 최후의 수단으로 이름을 묻는 사람의 표정이었다. 너한테 책임을 묻겠다, 하는 결연한 의지가 보였지만 주연은 무섭지 않았다. 교실에서 떠든 사람의 이름을 칠판에 적어두는 반장 같다는 생각을 하며 주연은 조리실에서 일하는 영양사라고 말해주었고 이름도 또박또박 불러주었다.

　―큰 병원에 딸린 산후조리원이라고 비싼 돈 주고 왔더니 이게 뭐야. 병원장이라는 사람이 뒤에서 산모 욕이나 하고 말

이야!

산모는 큰 목소리로 이 말을 내뱉은 뒤 식판을 바닥에 쾅 내려놓았다.

—병원장님이 무슨 말을 했나요?

바닥에 앉아서 국을 먹고 있던 노부인이 물었다. 은밀하게 묻는 표정이 간사하게 보였다.

—우리 손자 어깨…… 그 점, 말이에요.

노부인이 휴지로 입술을 닦으며 말했다.

—말이 나온 김에 하는 말인데, 내가 너무 답답해서 말이야. 내가 이런 사람이 아닌데, 그래도 우리 집안일이다 보니…… 주변에서 하도 걱정을 하기도 하고…… 밤에 잠도 안 오고 영 밥도 안 넘어가고 해서……

말을 쏟아내는 노부인을 아무도 말리지 않았다. 주연이 산모를 바라보았다. 산모의 얼굴이 붉어졌다. 제대로 잠을 못 잔 사람은 산모 쪽인 것 같았다.

—누가 그러던데 계보가 있는 병이라고 하더라고.

—계보? 그런 말을 어디서 들었어, 엄마? 그건, 유전병이라는 거잖아.

의자에 앉은 남자가 이렇게 말하자 바닥에 앉은 노부인이 버럭 소리를 질렀다.

—우리 집안에는 그런 병 가진 사람 없다.

　노부인은 이제까지 이 말을 하기 위해 엉덩이를 바닥에 대고 국물을 끊임없이 들이켜고 있었던 것처럼 허리를 꼿꼿하게 세웠다. 노부인의 말에 사람들이 먹던 것을 멈췄고 누구도 입을 떼는 사람이 없었다. 주연은 한동안 산모의 얼굴빛을 살폈다. 산모는 금방이라도 울 것 같은 표정이었다. 주연은 병실을 나섰다. 주연은 비상계단을 통해 조리실이 있는 일층까지 내려갔다. 계단을 내려가는 내내 601호 바닥에 놓인 식판 생각을 했다. 산모와 모유를 먹을 아기를 생각하며 구성한 식단이었고 색깔까지 먹음직하게 만든 반찬들이었다. 표고버섯전은 식어도 맛있겠지만 들깻가루가 들어간 미역국은 식기 전에 먹어야 했다. 주연은 시간을 되돌리듯 육층으로 다시 올라가 601호 앞에 다다랐다. 안에서는 무슨 말인지 알아들을 수 없는 소란스러운 목소리가 한데 뭉쳐 흘러나왔다.

　─산모님.

　주연이 문을 열고 산모를 부르자, 601호 안에 있던 사람들이 일제히 주연을 바라보았다.

　─미역국, 식기 전에 꼭 드세요. 들깻가루를 많이 넣어서 모유 수유하는 산모한테 좋은 음식이에요.

　겨우 그 말을 하려고 다시 온 것인가, 하는 표정들이었지만 주연은 산모를 향해 다시 말했다.

　─산모님은 먹는 게 일이에요.

산모가 주연을 바라보았다.

—그리고 음식 반입은 안 됩니다.

주연이 이렇게 말하자, 바닥에 앉아 있던 노부부가 냄비를 뒤쪽으로 밀었다. 그런 중에도 노부인은 연신 국물을 마시고 있었다. 후루룩 소리를 내며 먹는 것에 집중하는 모습은 이곳의 유일한 희극 장면처럼 보였다. 주연은 노부인을 바라보다가 이내 굳은 표정을 지었다.

—절대 금지입니다.

주연이 거실로 나왔을 때 엄마는 소파 아래에 앉아 있었다. 텔레비전이 켜져 있었지만 엄마가 보고 있는 것인지는 알 수 없었다. 주연은 엄마를 잠시 보고 섰다가 주방으로 가서 식사 준비를 했다. 엄마와 집에서 하는 마지막 식사였다. 오빠가 엄마를 요양원에 모시자고 했다. 주연이 오빠에게 한 달씩 번갈아가면서 엄마를 모시는 것에 대해 의논했지만 오빠는 바로 요양원 이야기를 했다.

—엄마, 나 엄마 꿈 꿨어.

시멘트로 만든 그릇에 밥과 국을 담아 식탁에 놓으며 말했다.

—엄마는 내 꿈 꾼 적 있어?

엄마는 숟가락으로 국을 떠서 먹었다.

─오늘 출근해서 여사님들한테 꿈 이야기를 하니까 금옥 여사님이 만 원을 주면서 사겠다고 하더라.

엄마는 연신 국물을 떠서 먹었다.

─꿈에서 엄마가 나한테 작은 쌀 주머니 하나를 줬어. 양이 너무 적어서 이게 뭐야, 겨우 이걸 주는 거야, 라고 했더니 엄마가 바깥으로 나가보래. 그래서 문을 열었더니 현관에 커다란, 정말 어마어마하게 커다란 쌀 포대가 다섯 개가 있었어. 너무 많아서 이걸 다 언제 먹어, 라고 물었는데 엄마는 아무 말도 하지 않고 웃기만 했어. 그러다가 내 신발을 신고 밖으로 나가버렸어.

엄마는 숟가락으로 달걀프라이를 뜨려고 노력하고 있었다. 주연이 젓가락으로 달걀프라이를 잘라 엄마의 숟가락에 올려주었다.

─엄마, 이게 금옥 여사님이 나한테 만 원을 주고 살 정도로 좋은 꿈일까? 여사님은 복권을 살 거라고 했어. 근데 엄마, 난 그 꿈이 이상해. 엄마가 밥을 줬으면 맛있게 먹었을 텐데 왜 쌀을 줬을까, 서운한 마음이 들었어.

주연은 꿈 생각을 하며 조리실에서 밥통 옆을 내내 서성거렸다. 조리원이 쌀을 씻고 밥솥에 안치고 다 된 밥을 휘젓는 것을 지켜보았고 병원 직원들이 식판에 받아간 밥을 꼭꼭 씹어먹는 것을 지켜보았다. 쌀이 밥이 되는 과정과 밥을 삼키기까지의 저작 과정을 놓치지 않고 바라보았다. 그러자 금옥 여사님이 너무 비싼 값에 꿈을 산 것이라는 생각이 들었다. 다섯 자루의 쌀로 밥을 지어 꼭꼭 씹어먹어야 할 것을 생각하니, 돈을 지불하고 사기에는 너무 크고 무거운, 아니 무서운 꿈이라는 생각이 들었다. 주연은 꿈값으로 받은 만 원으로 순대를 사 와서 조리실 직원들과 함께 먹었다. 여사님이 좋아하는 순대 만 원어치는 양이 너무 적었다.

—엄마, 이 그릇 어때?

주연은 밥과 국을 담은 시멘트 그릇을 가리키며 엄마에게 물었다.

—엄마, 이 그릇은 세 세트야. 세 명이 함께 같은 식기에 밥을 담고 국을 담아 먹을 생각이었어. 그런데 그렇게 하지 못했어.

너무 사소한 이유였다. 시멘트로 만들었다는 이유로 식기를 식기로 이용하지 못했고, 주연은 그들과 헤어졌다. 이수와 아이, 주연과 엄마 이렇게 넷은 한 번도 함께 만나지 못했다. 이수와 만나지 않는 나날은 아무리 시간이 가도 익숙해지지 않았다.

주연은 산후조리원 영양사 일을 그만둔 뒤 요양원으로 직장을 옮겼다. 엄마를 요양원에 모신 뒤 그곳 조리실로 이직을 했다. 주연이 출근하면 엄마가 조리실로 와서 주연을 찾았다.

주연이 딸이라는 것은 알지 못하는 듯했다. 그저 자신을 좋아하고 제일 잘 돌봐주는 사람이라고 믿는 것 같았다. 오빠가 엄마를 찾는 날이 점점 줄어들었지만 엄마는 아무 말도 하지 않았다. 종종 허공을 보며 "좋은 사람이었는데"라고 말하거나 "밤낮으로 찾으러 다녔다" 같은 말을 했지만 그게 오빠를 기다리는 말인지는 알 수 없었다. 엄마가 이렇게 정확한 발음으로 알아들을 수 있는 말을 하는 경우는 흔치 않았고 사람들과 눈을 마주치는 일도 거의 없었다. 오빠가 오면 낯설어했고 주연의 옆에 바짝 붙어 서서 주연의 손을 꼭 잡았다. 오빠도 그런 엄마를 낯설어했다. 오빠가 오는 날이면 셋이 가만히 앉아 있다가 헤어졌다. 오빠는 엄마를 위해 먹을 것을 사가지고 왔지만 엄마와 함께 먹지는 않았다. 셋이 함께한 식사는 이미 옛날 일이었다.

주연은 요양원으로 이직한 뒤 모든 것을 천천히 했다. 내려야 할 정류장보다 몇 정류장 전에 내려 집까지 걸어갔다. 횡단보도의 신호등 불이 바뀌어도 몇 번 놓친 뒤에 건너갔다. 아무리 시간을 낭비해도 이수를 떠올릴 시간은 있었다. 너무 서둘러 헤어진 것은 아닌지 후회되었다. 어느 순간에는 분명 이별만이 답인 것처럼 생각되었지만 가장 최후로 미뤘어야 할 해결책이었다는 생각이 들 때마다 걸음을 옮길 수가 없었다. 주연은 횡단보도 앞에서 신호등이 몇 번 바뀔 동안 가만히 서 있었다. 그러다가 문득 횡단보도 옆 육교에 걸린 현수막을 발견했다. 육교는 곧 철거될 것이라고 적혀 있었다.

주연은 육교 위로 올라가 한가운데 멈춰 섰다. 육교 쪽으로 빠르게 달려오는 차들과 육교에서 멀어지는 차들의 뒷모습을 바라보았다. 많은 사람들이 횡단보도의 신호등이 바뀌길 기다리고 있는 것이 보였다. 횡단보도를 두고 힘겹게 육교를 오르는 사람은 없었다. 주연은 마치 약속 시간이 지났는데도 나타나지 않는 누군가를 기다리듯 오랫동안 육교 위에서 서성거렸다. 누군가 열고 들어올 문을 바라보듯 육교의 이쪽과 저쪽을 바라보았다. 그러다 문득 이수의 말이 떠올랐다. "아프리카의 어느 곳에서는 아, 엄마, 길을 잃었어요, 라고 외치는 곳을 가리켜 저 멀리라고 해. 눈물이 날 것 같은 말이야. 저 멀리, 거기서 이제 겨우 여기로 온 것 같은데……" 이별의 순간 이수가 왜 그런 눈빛을 했는지 주연은 이제야 알 것 같았다. 길을 잃어버린 눈빛이었다. 곧 철거될 낡은 육교 위에서 주연은 이수의 눈빛을 한 채 중얼거렸다. 아, 엄마, 길을 잃어버렸어요.

겹겹이 쌓아 올린 이야기들

양순주(문학평론가)

1

『1그램의 재』는 강이나의 첫 소설집이다. 소설집에는 2018년 신인문학상 및 2020년 신춘문예 당선작부터 2025년에 발표한 작품까지 모두 일곱 편의 소설이 실려 있다. 작가로서 자신의 이름을 걸고 처음 선보이는 소설집이라는 점에서, 『1그램의 재』는 그녀의 문학적 세계의 출발점을 확인할 수 있는 텍스트이다. 각각의 소설들을 모두 읽어보면 강이나 소설의 스타일, 즉 형식적 특성을 발견할 수 있다. 그녀는 하나의 사건이나 인물을 집요하게 파고들기보다는 다양한 이야기들을 겹겹이 쌓아 올려 한 편의 소설을 구성한다. 마치 벽돌을 쌓듯이 각각의 화소를 이어 붙여 전체 서사를 구축해나간다. 이러한 방법은 한 편의 소설 속에서 다채로운 이야기들을 만날 수 있다는 장점을 지닌다. 이들 이야기에는 책임지는 삶, 결핍을 느끼며 살아가는 존재들, 관계에서 발생하는 불편한 감정들뿐만 아니라, 우리/사회 안에 자리잡은 편견들, 죽음과 두려움, 돌봄의 힘겨움, 거기서 파생되는 여러 문제들, 그리고 다문화, 다언어 상황 속에서 역설적으로 강화되는 경계와 그 너머의 비/언어들과 같은 폭넓은 주제들이 다뤄진다.

표제작인 「1그램의 재」는 삶과 세계에 대해 회의적인 태도를 지니고 있었던 '나'가 열망을 찾게 되는 과정을 그린 소설이다. 소설은 로드킬 당한 동물들의 사체를 수거하고 처리하는 일을 하면서 살아가는 나의 앞에 느닷없이 나타난 여자로부터 시작된다. 여자는 내게 불쑥 새장을 내밀며 새의 소각을 요청한다. 오 년을 함께한 가족과도 같은 존재(영이)를 "끝까지 책임"(18쪽)지기 위해서라는 여자의 모순적인 말에서 나는 아버지를 발견한다. "여자의 얼굴 위로 아버지가 겹쳐졌다."(18쪽) 낯선 타자들은 나의 가족과 내 삶을 들여다볼 수 있게 하는 일종의 거울과도 같다.

내게 있어 아버지는 책임이라는 말을 앞세워 가족의 삶을 벼랑 끝으로 내몬 장본인이다. 신나는 얼굴로 함께한 외출은 아버지의 가족 동반 자살이라는 끔찍한 시도로 뒤바뀐다. 그로 인해 아버지는 죽고, 형은 성장을 멈춘 채로 살아가고, 엄마와 나는 평생 트라우마에 시달린 채 살아가고 있다. 그날 보았던 "검푸른 바다"(20쪽)는 내 기억 속에 선명하게 자리 잡고 있고, 그 기억들은 꿈속에서도 나를 따라다닌다. 바다로 추락하는 새 떼에 관한 꿈은 깨어나서도 눈앞에 잔상으로 남아 사라지지 않는다. 불면은 끊임없이 내 앞으로 되돌아오는 꿈과 그날의 기억에 대한 증상이다. 남겨진 가족들에게 그날의 기억은 지우고 싶은 시간이지만 결코 지워지지 않는 고통스러운 시간들인 것이다.

　서술자가 사람들이 꺼리는 직업전선에서 일하고 있는 이유는 인간 존재에 대한 환멸에서부터 비롯된 것임을 확인할 수 있다. 사람들과의 접촉은 거의 없다고 할 수 있는 조건 속에서 살아가던 나에게 여자의 등장은 예외적 상황인 것이다. 반면에, 동물들이 처한 상황은 나의 처지와도 유사하다. 동물들은 인간들이 편의를 추구하는 과정 속에서 희생당하고 삶의 터전을 잃어버린 존재들이다. A시와 B시 사이에 터널을 만들어 새 길을 냈지만 그로 인해 로드킬은 더욱 늘어난다. 그들의 생존과 사후는 누구도 책임지지 않는다. 그럼에도 불구하고 나는 사체를 소각기에 넣기 전에 마지막으로 생사 여부를 확인하면서 나의 책임을 다한다. 하지만 그들의 삶은 안전하지 못하다.

나는 매 순간 목숨을 내놓고 일해야 한다. 함께 일하던 천씨는 얼마 전 차에 치여 크게 다쳐 병원에 입원해 있다. 천씨 없이 혼자 일하던 나는 위험천만한 상황에 다시 노출된다. 천씨를 대신할 이를 충원하려 해도 잘되지 않는다. 사람들은 대략 일주일 정도가 지나면 불면과 악몽으로 수면제를 먹고서야 잠든다고 호소하면서 일을 그만두었기 때문이다.

「1그램의 재」는 로드킬이라는 사회적 문제와 더불어 죽은 동물을 처리하는 과정에서 발생하는 문제들도 사유할 수 있게 해준다. 매몰의 한계는 이동식 소각기 도입이라는 변화를 야기한다. 하지만 그로부터 발생하는 냄새에 관해 경고하는 이는 없었다. 이러한 사실은 불면에 더해 줄담배까지 피워가면서 견뎌내야 하는 고약한 나의 삶, 나아가 제도적인 한계를 역설적으로 드러낸다. 나는 형에게 남아 있는 아버지에 대한 기억을 태울 수만 있다면 소각기에 넣고 모두 태워버리고 싶어 한다. "1그램의 재도 남기지 않는 강력한 소각기에 넣고 활활 태워버리고 싶"(22쪽)다는 표현 속에는 형의 삶이 아주 조금이라도 편해졌으면 하는 바람도 포함되어 있다.

한편, 천씨는 나와 세계의 불화뿐만 아니라 여자, 영이와의 불편함을 차츰 줄여주는 윤활유와 같은 역할을 한다. 천씨는 내게 "전혀 다른 세계에 사는 사람"(26쪽)으로 여겨질 정도로 긍정적인 인물이다. 사고로 한쪽 팔을 잃었음에도 두 다리는 멀쩡하다고 말할 수 있는 사람, 그의 천성에 기대어 나는 상처를 서서히 치유해나간다.

그 풍경은 따뜻하고 편안했다. 뭔가 하나씩 잃어버린 자들이 모여 서로의 상처에 후후, 입김을 불어주고 있는 것처럼 보였다. 나는 슬쩍 그들 곁으로 다가섰다. 얼어붙은 손을 녹이려고 난로 가에 다가서는 사람처럼 그들 옆에 바짝 붙어 섰다.(28쪽)

천씨와 이야기를 나누며 미소 짓는 여자의 얼굴을 보고 설렘을 느낀 나는, 그날 밤 추락하는 새들에 대한 꿈이 아닌 다른 꿈을 꾸게 된다. 꿈이 트라우마의 반영이라면 꿈의 변화는 트라우마로부터 벗어나기 위한 출발점인 셈이다. 퇴원한 뒤 영이를 키우고 싶다는 천씨 덕분에 여자는 새를 소각하지 않아도 된다. 천씨를 통해 책임의 진의 또한 확인할 수 있다. 천씨가 퇴원하기까지는 아직 한참의 시간이 남아 있기 때문에 나는 여자와도 당분간 마주칠 수 있을 것이다. 그 일말의 가능성이 나를 새로운 방식으로 살아가게 할 것이다.

「빈집」은 남편과 아내가 느끼는 결핍감과 이를 극복하면서 깨달음을 얻는 과정을 형상화한다. 남편과 아내의 이야기가 교차 서술되어 있어 독자들은 두 사람이 처한 상황과 내면 풍경을 함께 들여다볼 수 있다. 이십 년간 몸담았던 보험회사에서 명예퇴직을 한 남편은 집에서 보험약관만 읽으며 회복할 기미를 보이지 않는 상태다. 게다가 남편의 침묵은 그녀를 괴롭게 만들기에 그녀는 남편을 피해 집을 나간다. 여태껏 남편 덕에 부족함 없이 생활해왔지만 내면의 결핍감이 채워지지는 않고, 남편의 실직으로 인해 오히려 더욱 심화된다. 남편 역시 "상세불명의 결핍"(43쪽)을 느낀다. 회사의 강권에 못 이겨 내쫓기듯 회사를 관두었기 때문이다. 수많은 사고 형태를 세분화해서 그에 맞는 "철저하고 정확한 사고처리 방책"(41쪽)이 모두 적혀 있는 보험약관을 완벽한 안내서, 일종의 "성서"(41쪽)라고 한다면, 그는 "보험금도 지급받지 못하는 상태"(43쪽), 즉 보험의 세계로부터 완전히 소외되어 있다. 시든 꽃, 죽은 꽃은 사회적 지위를 잃고 사회 바깥으로 내몰린 그의 사회적 죽음 상태를 나타낸다.

작은 사회인 집안에서도 그는 소외를 겪는다. 내게는 어제 먹다 남은 찌개를 주면서도 공씨에게 줄 도시락 반찬은 신경을 쓰는 아내, 그와 이야기할 때면 말투에 짜증이 섞이고 행동은 점점 거칠어짐을 느낀다. 그는 말하는 대신 침묵하기를 택하고 보험약관을 읽는 데에 몰두한다. 반면, 아내는 집에 들어앉아 소리 없이 울부짖는 듯한 그의 침묵이 버겁다. 그의 유별난 침묵은 사람을 불편하게 만들기 때문이다. 두 사람 모두 마음 붙일 곳이 없지만 또 그렇기 때문에 상대의 입장을 헤아릴 수도 없다. 각자의 방식대로 상대의 말과 행동을 다르게 해석하고 받아들이면서 오해는 깊어간다. 남편을 피해 실제로 바깥으로 나가는 이는 아내이지만 그런 아내를 보며, 남편은 자신이 쫓겨나는 기분을 느낀다.

그녀가 자원봉사를 나가면서 만나게 된 공씨는 침묵하지만 "대화를 나누는 것 같"(40쪽)다고 말한다. 남편의 시끄러운 침묵과 공씨의 고요한 침묵의 차이로 인해 그녀는 공씨에게 이끌린다. 처음에는 여러 군데 배달을 가다가 이제는 공씨 집에만 가게 된다. 그녀는 그곳에서 자신이 거주하는 집에서는 찾아볼 수 없었던 "안도감"(51쪽)을 느낀다. 침묵하는 공씨, 말없이 그 자리에 있는 책과 벽을 통해 삶과 죽음의 의미를 생각한다. 반면에 남편은 그녀를 의심하고 미행한다. 아내가 한집에만 오랜 시간 머물러 있었다는 사실을 두 눈으로 확인하고, 그녀가 떠난 뒤 그 집에 들어가서야 알게 된다. 자신의 예상과는 달리 그곳은 공씨가 죽고 없는 빈집이었고, 그 사실에 안도하면서도 부끄러워한다. 어떤 소리도 감각도 느껴지지 않는 텅 빈 그곳에서 그 역시 "해방감"(60쪽)을 느낀다. 아내도 남편도 집을 벗어나서야 비로소 깨닫게 된 것이다.

아무도 읽지 않을 책, 아무도 궁금해하지 않을 내용, 아무도 기다리지 않을 택배. 그 상자가 꼭 그와 아내의 모습 같았다. 누군가는 이것이야말로 예정된 결말이라고 할 것이다. 세월이 흐르면 늙고 낡을 수밖에 없는 이치, 마침내 아무도 기다리지 않는 빈집에 혼자 남겨질 것이라는 결말. 하지만 낡은 표지를 펼칠 때, 이미 다 읽어 아무것도 궁금하지 않은 책장을 다시 넘길 때, 어쩌면 그 순간 예정된 결말이 아니라 '새롭지 않은 시작'이 다시 시작될 수도 있지 않을까, 하는 생각이 들었다.(61~62쪽)

아내가 주소를 적어둔 상자는 봉해진 채로 끝내 집에 도착하지 않을 것이다. 닫힌 상자, 그 속에 들어 있는 닳고 낡고 지저분해진 책은, 공씨의 현재이자 그와 그녀에게 도래할 미래이기도 하다. 늙고 낡은, 그리하여 언젠가는 맞이할 죽음. 그것은 공씨의 죽음으로, 비석마을이라는 상징적 장소를 통해 부각된다. 도시 내에 존재하지만 제대로 된 이름조차 부여받지 못한 동네. 비석이 명패처럼 자리잡고 있는 곳. 그곳은 재개발로 철거 예정이다. 그렇게 사라질 것이다. 그는 비석마을이라는 장소에서, 죽음을 직면한 뒤에야 비로소 삶의 의미를 재확인한다. 스스로 책의 마지막 장을 닫지 않고, 낡은 표지일지라도 펼치고 책장을 다시 넘긴다면, 새롭지 않더라도 다시 시작할 수 있지 않을까. 그는 다짐하며 빈집을 나선다.

2

낯선 장소나 타자와 만나 깨달음이나 설렘을 느꼈다 할지라도 가족이라는 자장을 벗어나는 일은 여전히 요원한 것이기도 하다. 「으레」는 그 사이에서 발생하는 다양한 감정들을 통해 관계 맺기의 어려움을 보여준다. 자매인 은파와 은솔, 이들의 친구 민수는 모텔에 갔다가 민수는 추행범으로 몰려 피고인으로, 은파는 피해자로 법정에 서야 하는 상황인데, 동생 은솔이 피고인의 증인이 되겠다고 한 것에서부터 문제가 발생한다. 여기서는 은솔이 본 상황만이 묘사가 되어 있다. 은솔의 말에 따르면, 은파와 민수는 다정하게 웃으면서 함께 있었는데, 화장실에 다녀온 은솔과 눈이 마주친 뒤 갑자기 은파가 화를 내며 민수를 밀쳐냈고 경찰에 신고했다고 한다. 경찰이 오자 은파가 벌벌 떨면서 민수를 가리켰고, 민수와 은솔은 이를 속수무책으로 지켜보고만 있었다고. 은솔은 자신이 본 것에 기대어 민수는 잘못한 게 없다고 판단했고, 은파는 계속 울기만 해서 그녀에게 더는 물어볼 수가 없었다고 이모인 미림에게 말한다.

엄마인 미강은 이런 상황 자체를 받아들이지 못한다. 코로나로 인해 모텔방을 잡고 술 마시거나 놀거나 시험공부를 하는 것이 대학생들의 문화인데, 미강은 거기에 간 것부터가 애초에 잘못이라고 여긴다. 모텔방이라는 기표가 불러일으키는 불순한 이미지를 이들에게 덧씌워 엄마는 은솔에게 "누가 거길 가자고 했느냐고 백번도 더"(108쪽) 묻는 사람이다. 게다가 그녀는 제안한 사람이 은파가 아닐 기라는 확신을 갖고 은솔을 추궁했다. "민수 쪽 증인이 되겠다고 했을 때부터"(108쪽) 이미 답은 정해져 있었던 것이다. 가족의 편에 서지 않았다는 이유만으로 그녀는 "적대시"(109쪽)되어 미림의 집에 맡겨진다. 은파 편에서 은솔이 받는 상처는 아랑곳하지 않고 급기야 "다 내 잘못이야. 내가 애들을 잘못 키웠어"(109쪽)라고 말한다.

　미강은 "말이 통하는 이모"(96쪽)가 은솔을 설득해주길 바라고 있다. 말을 아껴야 할 때는 아끼고 또 궁금한 것들은 물으면서 은솔과 미림은 대화한다. 두 사람은 어떤 사이인지, 은솔이 민수를 좋아해서 그런 건지, 그냥 친구가 맞는지를 묻고 답하면서 사실 여부가 확인되지만 알게 모르게 은솔의 결정에 대한 검증이 이뤄진다는 점을 고려하지 않을 수 없다. 실제로는 은파와 민수가 썸 타는 관계였고, 둘 사이에서도 한 사람은 "사랑스럽게 어루만졌고 은파는 그 손길을 폭력으로 받아들였"(107쪽)기 때문에 문제가 발생했음을 감안한다면, 은솔과 미림의 대화에서도 신중한 접근이 필요하다. 요컨대 은솔, 미림, 미강 사이의 관계나 입장이 뒤얽히면서 문제는 더 복잡해지고 끝내는 본질마저 흐려진다. 은솔은 본 것을 토대로 결정했음에도 그 일들을 겪으면서 "내가 잘못하고 있는 걸까요?"(118쪽) 하고 묻기에 이른다.

으레 있을 수 있는 일이지만 습관적으로 반복됨에 따라 굳어지는 관습들. 그것이 만들어내는 사람들 간의 무심함, 서운함, 불신, 적대감과 같은 감정들은 미림이 일하면서 만난 사회복지사, 뚜언, 여학생 사이에서도 나타난다. 가령, 뚜언의 엄마가 이사를 돕기 위해 베트남에 갔다는 말에 미림은 이삿짐 싸는 걸 도와주는 정도로, "이사는 으레 그런 방식으로 이루어지는 것"(102쪽)이라 여긴다. 허나 베트남에서의 이사는 "집을 통째로 들고 옮기는"(102쪽) 것을 의미했고, 이사를 할 때 집을 따라가지 않으면 나중에 집을 찾지 못하고 가족과도 만날 수 없게 된다는 것, 그리하여 영영 가족을 못 보는 사람을 만나면, "울지 마라. 네가 불운한 걸 어쩌겠니?"(103쪽)라고 말한다는 것. 그건 뚜언에게 닥칠 상황을 예견하게 한다. 베트남으로 간 엄마는 돌아온다는 말이 없고, 아빠가 사망한 뒤 기부금 수혜자로 선정되지만 그를 보호해줄 어른도 없어 앞으로 보호기관에서 성장해야 할 뚜언. 그 불운은 그의 잘못일까. 은솔 역시 마음을 돌리지 않으면 집으로 돌아가기 어려울지도 모른다. 그게 은솔의 잘못일까. 나아가 뚜언의 불행에 대한 원고를 쓰면서 미림은 자신이 잘못하고 있는 걸까, 생각한다.

미림이 불편함이나 분노를 느꼈던 건 기부금 수혜 대상자들에게 지니고 있었던 고정관념에서 비롯한 것이라 할 수 있다. 이러한 고정관념은 소설 「가티」에서 돌멩이 투척 사건이 발생하자 사람들이 네팔 전통 놀이인 '가티'를 하는 세 자매부터 의심하는 부분에서도 나타난다. 아이들이 돌멩이로 놀이를 한다는 것에 "엄마가 네팔 사람이라는 것"이 더해져 사람들의 편견은 강화된다.

엄마가 네팔 사람이라는 것과 돌멩이를 던지는 일이 무관하다는 것을 알면서도 사람들은 한번 타깃을 정하고 나자 맹목적으로 믿어버리는 경향을 보였다. 네팔이라는 곳을 여기와는 완전히 다른 세계로 여기는 것 같았고 모르기 때문에 더 쉽게 의심하고 더 철저하게 경계하는 듯했다.(78쪽)

내가 해를 입을지도 모른다는 불안감을 빌미로 아이들은 감시의 대상이 된다. 다시 말해 사람들의 두려움은 자기보다 더 연약한 존재들을 헐뜯거나 상처 주는 방식으로 작동되기도 한다. 이때 인종적 차이로 식별되는 다름은 차별의 지표로 손쉽게 이용된다. "저런 애들", "부모 노릇"(78쪽) 운운하는 말들을 함부로 내뱉으며 그들과 우리의 경계를 더욱 강화하고, 그럼으로써 그들은 비존재하게 된다. 「안양」에서도 한국에 정착한 지 오래되었지만 "여전히 한 나라의 정주민도 한 가정의 정주민"(141쪽)도 되지 못한 이주여성이 결국 자기 나라로 돌아갔다는 일화가 삽입되어 있다. 이들 소설 속 장면들을 통해 우리 안에 존재하는 차별들을 들여다보는 계기를 마련할 수 있을 것이다.

「안양」에서는 죽은 동생이 살았던 안양에 이사 가서 살아가는 영무의 이야기가, 그를 만나러 안양에 간 '나'의 이야기로 전해진다. 이들의 이야기는 어긋나면서도 계속된다. 영무는 동생의 흔적들을 추측해보지만 사실 여부는 불투명하다. 나는 영무를 좋아하는 마음을 갖고 있지만 영무는 그렇지가 않다. 이별했으나 영무는 여전히 수이를 좋아한다. 그러나 수이는 영무를 결혼할 상대로 여기지 않는다. 그들 각자는 다른 마음을 품고, 서로 다른 시간과 공간 속에 머물러 있다. 수이가 안양에 가자고 얘기했을 때 나는 경주 안양문 앞이었고, 문화재 해설사가 경기도 안양 역시 "극락"이요, "파라다이스"(124쪽)라고 농담처럼 던진 말이 이 소설 전체를 뒤덮고 있다. 안양은 동생의 삶과 죽음의 장소라는 점에서 영무가 동생의 안녕을 비는 마음을 담고 있는 곳이자 동시에 영무의 고단한 삶의 현장이기도 하다. 인력사무소로 가기 위해 지나치는 유원지, 수학여행을 한 번도 가지 못한 가난했던 형제의 이야기는, 한국에 오기 전 한 번도 여행한 적이 없는 이주 여성들이 경주로 수학여행을 갔다는 초반부 일화와 겹친다.

“밝아, 확실히. 우리하고는 달라. 무거운 거, 우리가 지고 다니는 무거운 짐 같은 게 수이한테는 없어.”(147쪽)

수이가 왜 좋냐는 물음에, 영무는 수이에게는 “우리가 지고 다니는 무거운 짐 같은 게” 없기 때문이라 답한다. 영무의 저 대답이 기폭제가 되어 나는 수이와 사적으로 나눴던 대화들을 영무에게 여과 없이 발설한다. 영무는 결혼할 상대가 아니라고 했던 말들, 수이가 안양에 오지 못한 건 선을 보러 갔기 때문이라는 말들. 허나 영무의 마음은 변함없다. 이제는 철거되고 사라진 전망대가 없다는 걸 알지만 끝까지 올라간다. 영무에게 끝내 도달할 수 없는 전망대는 죽은 동생이면서 좋아하는 수이이기도 하다.

영무가 무거운 짐을 지고 아래로 내려가는 삶을 살아가는 것과 마찬가지로, 영무에게 내가 못난 방식으로 속마음을 표출할 수밖에 없었던 이유 역시 무거운 짐 때문이다. 엄마의 가출 시도, 무거운 가방 때문에 한쪽 어깨가 기울어져 있던 모습. 내 머리맡에서 “너만 아니었다면”(139쪽)이라고 되뇌던 엄마의 모습은 내 삶을 무언가에 “빚을 지고 있는 기분”

(139쪽)으로 만들었고, 나는 평생 주눅 든 삶을 살게 되었다. 그것이 남들에게는 우울감, 어두움으로 비춰진다. 그 사실을 확인하게 된 안양으로의 여행길은 허무하게 끝이 난다. 영무와 나는 다시 만날 수 있을지 장담할 수 없다. 각자 생의 무늬를 만들어내면서, 무거운 짐을 짊어진 채로 살아갈 것이다. 그 지난한 삶의 여정은 끝나지 않는다.

3

「1그램의 재」에서 아버지의 죽음이 나와 가족들의 일생 전반을 지배하고 있듯이, 강이나의 소설들에는 죽음의 그림자가 늘 드리워져 있다. 「빈집」에서는 무덤과 함께 살아간 비석마을의 공씨, 그 죽음이 소설의 배경을 이루고 있고, 「가티」는 유구의 인골 발굴 현장, 죽음 특집프로그램 제작이 서사의 모티브로 작동하고 있다. 또한 「으레」에는 교통사고로 입원해 있던 뚜언의 아빠가 사망한 일, 「안양」에서는 영무의 동생이 사고로 불구의 몸이 된 뒤, 퇴원하는 날 자살했다는 이야기가 실려 있다. 「문밖에서」에서는 이선의 쌍둥이 이형이 두 차례 자살 시도 끝에 목을 매고 죽었다. 각 작품에서 이들의 영향력은 상이하지만 모든 서사에는 죽음에 관한 이야기가 빠짐없이 스며 들어가 있음을 확인할 수 있다.

삶이 존재하는 한 죽음은 인간의 영원한 화두일 수밖에 없다. 「가티」는 '죽음에 대한 두려움'/'두려움 없는 죽음'이라는 문제를 다각도로 들어디볼 수 있게 한다. 유구에서 주 피장자 아래에 묻혀 잘 보존된 인골 하나가 추가로 발견되고, 사람들은 두 사람의 관계를 추측하며 신분이나 초월과 같은 말들을 주고받는다. 그들의 사랑 이야기는 주완과 '나'의 비밀 연애, 운명적 사랑으로 이어진다. 그러나 사 년 넘게 병상에 누워 있는 엄마, 주완과의 미래를 떠올리며 나는 두려움에 휩싸인다. 주완이 평생을 병간호하며 살아갈 미래를 맞이할 자신이 없다고 고백할까 봐 겁이 나서 그의 대화 요청을 계속 피한다. 그러면서도 한편으로는 엄마가 죽게 될까 봐 혹은 오랫동안 이대로 살까 봐 두렵다. 동시에 그런 생각을 하는 스스로가 미워서 죽고 싶은 마음에 잠 못 이루는 나날을 보낸다.

나는 엄마 간병에 몰두한 나머지 주완과의 관계를 제대로 바라보지 못한다. 병원에서 발생한 돌멩이 투척 사건의 범인이 그동안 아내를 지극정성으로 돌봐온 남편이었다는 점은 그들 관계에 시사하는 바가 크다. "알 것 같았다."(89쪽) 가족을 돌보면서 쌓인 피로감이나 절망은 그들을 불안감에 사로잡히게 했고, 그럴수록 웃으며 지나가는 다른 이들의 자유나 행복감을 "깨버리고 싶은 열망에 사로잡혔"(89쪽)던 것이다. 나 역시 돌멩이를 주머니 속에 감춰두었다가 던지고 싶은 충동에 사로잡힌 적이 있었기 때문에 그 마음을 충분히 헤아릴 수 있었다. 꿈속에서 가티를 하던 아이들이 내게 "돌려주세요"(83쪽)라고 말했던 이유 또한 여기서 확인할 수 있다. 사람들이 돌멩이를 가져가 놀이를 할 수 없게 된 세 자매에게 인골이 자신의 뼈를 떼어주는 일—뼈로 하는 가티가 꿈에 나온 것도 가티는 그저 놀이일 뿐임을 일러준다. 감당하기 힘든 현실에 대한 분노를 타인에게 분출하고 싶었던 마음이었음을 깨달은 나는 그제서야 돌멩이를 돌려줄 수 있게 된다.

발굴 현장에서 다리를 접질린 후에 계속된 통증은 나와 주완 사이의 갈등 회복의 실마리를 제공해주는 단서다. 나는 통증으로 인해 현재의 상황, 주완과의 관계를 똑바로 바라볼 수 있게 된다. 그를 계속해서 차단하고 회피했던 건 나였음을 말이다. 주완에게 뭔가를 말하고 싶지만 차마 입이 떨어지지 않아 그를 물끄러미 바라보고만 있다. 애꿎은 아이들에게로 향했던 나의 어리석은 마음을 깨닫고 할머니 병상 옆 서랍에 돌멩이를 넣어둔다. 하지만 세 자매와 네팔인 엄마는 이제 병원에 오지 않는다. 이와 같은 결말은 급작스럽게 화해하거나 타협하는 것을 피하기 위한 최선의 선택이었으리라.

「저 멀리」는 나이 듦과 질병, 돌봄에 대한 이야기가 좀 더 확장되는 소설이다. 「저 멀리」에서 주연의 엄마는 치매를 앓

고 있다. 엄마는 딸이 재활용쓰레기를 옮기다가 무거워 떨어
뜨려도 신경을 쓰지 않고, 불러도 대답하지 않고, 주연의 신
발인지도 모른 채 신발을 신고 나가기도 하고, 화장실 문을
열어두고 바닥에 앉아 소변을 보기도 하는 등 "모든 것이 아
무렇지 않은 사람"(194쪽)으로 변해가고 있다. 그런 엄마를
돌보는 일은 주연의 몫이 되고, 엄마와 함께 살면서 주연의
삶도 점차 변해간다. 오빠는 시간 대신 돈을 보태겠다고 하
고, 새언니는 어머님이 "착한 치매"(194쪽)라 다행이라고 말
한다. 이수 역시 자신의 아이를 데리고 만날 때와는 다른 표
정과 말투로 주연의 엄마에 대해 말한다. 가족들에게도, 새
가족이 될 뻔한 이들에게도 치매에 걸린 엄마는 "언제까지나
풀 수 없는 어려운 문제"(197쪽)와 같은 존재로 여겨진다. 하
물며 주연도 엄마를 두고 가고 싶다고 생각한 적도 있다. 이
혼을 한 이수와 그의 아이와 함께 가족을 이루고자 했던 미래
속에는 치매에 걸린 엄마가 존재하지 않았기 때문이다. 돌봄
을 필요로 하는 엄마는 누구에게도 달갑지 않은 존재가 되어
버린다.

　허나 주연은 산후조리원 영양사를 관두고 요양원으로 이
직해 일하면서 동시에 엄마를 돌보는 일을 이어나간다. 엄마
는 주연이 딸이라는 것은 알지 못하는 듯하지만 자기를 "제
일 잘 돌봐주는 사람"(205쪽)이라고는 생각하는 듯하다. 시

간이 경과하면서 오빠의 요양원 방문은 뜸해진다. 매번 먹을 것을 사서 오지만 엄마와 함께 먹는 일은 없다. 특히, 먹는다는 것은 소설 전반에서 중요한 상징성을 지닌다. 내가 영양사로 일하는 것, 오빠네 가족과 엄마와 처음 외식했던 날의 일화, 601호 산모와의 사건, 산모에게는 먹는 일이 중요하다는 언급 등이 그 예이다. 게다가 조리원에서 식재료를 다듬고 요리하는 일을 담당하는 금옥 여사에 대한 얘기에서도 엄마의 모습—요리에 있어서는 모르는 게 없었던 모습이 오버랩되어 묘사되고 있다. 나아가 주연이 새 가족을 상상하면서 식기 세트를 구매한 일, 꿈속에서 엄마가 주연에게 커다란 쌀 다섯 포대를 줬다는 점 역시 먹는 행위와 삶이 직결되어 있음을 드러낸다.

주연의 꿈은 가닿을 수 없는 상상으로 끝나고 만다. 그것이 "저 멀리"(188쪽)라는 단어가 함축하고 있는 의미들이다. 소설에서는 시를 쓰는 이수가 메모해둔 여러 부족들의 언어로 이 말의 의미가 풀이되고 있다. 먼저 '저 멀리'는 "푸에고 섬의 토인들이 사용하는 말 중에 일곱 개의 음절로 된 하나의 낱말"(187~188쪽)로 풀이된다. 그리고 두 사람이 헤어진 뒤 주연은 이수의 말을 떠올리면서 '저 멀리'라는 말을 다시금 되풀이한다.

"아프리카의 어느 곳에서는 아, 엄마, 길을 잃었어요, 라고 외치는 곳을 가리켜 저 멀리라고 해. 눈물이 날 것 같은 말이야. 저 멀리, 거기서 이제 겨우 여기로 온 것 같은데……"(206쪽)

"이제 겨우 여기로 온 것 같은" 주연과 이수는 다시 길을 잃고 만다. 거기서 돌봄은 결정적인 문제로 작동된다. 돌봄이 이야기될 때는 대체로 가족 중 누군가의 희생이 동반되는 경우가 많다. 「가티」에서는 엄마를 간호하는 딸, 할머니를 간병하는 네팔인 여성(며느리), 아내를 간병하는 남편, 「저 멀리」에서는 치매에 걸린 엄마를 돌봐야 하는 딸 들이 이를 짊어지고 있다. 적지 않은 시간과 노동이 요구되는 일인지라 한 사람에게 희생을 강요하다 보면, 어딘가에서 문제는 터질 수밖에 없는 구조다. 이를 넘어설 여러 제안들, 이야기들이 필요하다고 생각한다. 한 연구활동가의 제안처럼, 가족 중 누군가가 떠맡거나 국가에 책임을 일임하는 방식이 아니라 우리 모두가 나눠 가져야 할 책임과 권리라는 인식—그런 의미에서 인간이라면 누구나 다치고 아프고 늙고 죽는다는 보편성과 불가피성을 담아 "시민적 돌봄"을 제안한다(김영옥 외, 『새벽 세시의 몸들에게』, 봄날의책, 2020)—을 가지는 것으로부터 출발해볼 수 있지 않을까 한다.

4

　강이나 소설집 『1그램의 재』에서 죽음 못지않게 중요하게 다뤄지는 키워드 중 하나는 언어이다. 특히 존재와 그들 간의 관계에 얽힌 복잡한 양상을 그려내면서 소통의 불/가능성에 대한 탐색을 다언어적 상황으로 드러낸 경우가 적지 않게 발견된다. 전술한 「저 멀리」에서는 '저 멀리'라는 단어 그 자체만으로 여러 민족들이 사용하는 언어의 의미 차를 드러내고 있으며, 「문밖에서」에서는 벤팅크섬 소수 부족, 부족어의 사라짐을 쌍둥이의 죽음과 연결해 언어의 본질을 고찰하는 시도를 보여준다. 또한 「빈집」은 침묵과 같은 비언어에서 비롯되는 소통에 관한 이야기로 바꿔 읽어도 좋고, 「문밖에서」의 이선이 밀라를 통해 묵언, 즉 침묵의 의미를 깨닫게 되는 장면과도 겹쳐 읽을 수 있다. 「으레」에서 뚜언이 겪는 국어라는 감각은 독자들에게 생각할 거리를 던져준다. 뚜언은 국어, 즉 한국어를 좋아한다고 미림에게 말하는데, 그 이유는 베트남인 엄마가 뚜언이 국어책을 볼 때 뿌듯해하기 때문이었다. 이때 엄마는 베트남어로 말하고 뚜언은 한국어로 말하면서 두 사람이 국어라는 관념에 관해 대화하는 아이러니한 상황이 연출된다. 뚜언 또한 학교에 들어가기 전까지는 "엄마 나라 말"(101쪽)만 썼기 때문에 베트남어에도 능통했지만 입학한 이후, 국어라는 과목을 배운 뒤부터는 국어만 사용하게 되면서 엄마와는 소통이 불가능한 상태가 되어버린다. 한 국가에 귀속된 국민들이 국어를 학습한다는 것의 의미, 그것이 다문화가정에 적용될 때에 발생할 수 있는 혼란과 어려움을 잘 보여주는 예가 아닐 수 없다.

「문밖에서」는 사라져가는 소수 언어에 대한 이야기로 전체 서사가 집약되어 있는 소설이다. 그것을 이형의 죽음과도 연결시키고 있는 이 소설을 소통 불가능한 타자의 세계에 가닿으려는 시도로 읽어낼 수 있다. 먼저 이 소설에는 이선의 쌍둥이 이형의 죽음이 배면에 짙게 깔려 있다. 방문에 못을 박은 뒤 자살하려 했던 이형의 첫번째 시도는 실패로 끝났지만, 다시 한번 자살을 시도한 끝에 그는 죽게 된다. 가족들은 열일곱 번의 못질을 한 뒤 목매 죽은 이형의 세계―그의 방 안으로 누구도 들어갈 엄두를 내지 못한다. 생사의 경계를 넘어가버린 이형의 시공간에 가닿기 위해 이선은 낯선 곳―르아브르의 한 명상센터로 떠나게 된다. 한편, 「안양」 역시 동생의 죽음이 서사 전체를 감싸고 있다. 안양은 동생이 정착해 살려고 했던 곳이자 죽은 곳이다. 영무는 이를 이해해보려 동생이 살던 집으로 이사를 간다. 죽음과 방/문, 안/밖을 대쌍으로 두고 「안양」과 「문밖에서」를 함께 읽어봐도 좋다.

다시 본론으로 돌아와, 이선이 그곳을 방문한 표면적인 이유는 밀라 레스티엔을 만나기 위해서다. 그녀는 네바에(마르디나, 진명애)의 오랜 친구이자 "이 세상에 남은 벤팅크섬 소수 부족어의 마지막 화자이자 청자들"(158쪽)이다. 진 교수님과 함께 뉴스를 보던 이선은 해외 토픽에서 벤팅크섬의 소수 언어의 마지막 화자가 죽었다는 소식을 듣게 되는데, 이에 "이제 우리 말로 이야기를 해줄 사람은 이 지구상에 아무도 없겠군요"(162~163쪽)라고 중얼거리고 눈물을 흘리던 마르디나의 모습에서 어딘지 모를 동질감을 느낀다. 밀라가 어떻게 살고 있을지를 궁금해하는 그녀를 위해 이선은 밀라를 찾아 나선다.

벤팅크섬에서 태어났지만 모어 대신 영어를 쓰며, 권 교수와 함께 한국에서 살고 있는 마르디나. 그녀와 어린 시절을 함께 보낸 둘도 없는 친구 밀라. 가까운 사이만이 알고 부를 수 있는 이름, 누기 마즈넵. "은행 계좌의 비밀번호"(164쪽)와 같은 부족어 이름. 그 사적이고 비밀스러운 이름에 얽힌 이야기들은 암호를 푸는 듯하게 서로 엮여 있다.

지구상에 존재하는 언어는 7천 개 정도. 7천 개의 다른 언어, 그건 7천 개의 경계가 있다는 말이었다. 쉽게 넘나들 수 없는 선(線). 이선은 권 교수님의 알아들을 수 없는 중얼거림 역시 또 하나의 언어라고 생각했다.(161쪽)

이들/언어와 접하면서 이선은 "무작위로 일어나는 모든 순간들을 자신의 논리로 엮어내"(168쪽)곤 했던 이형을 떠올린다. 북아메리카 소수 언어에 관한 책을 집필 중이던 권 교수는 어느 날 뇌혈관 질병으로 쓰러졌다. 아내인 진명애의 보살핌과 이선의 도움으로 그의 몸은 빠르게 회복되었지만 언어 영역은 쉽게 돌아오지 않았다. 권 교수는 언어 상대성 원리 등에 관한 책들을 이제는 읽을 수 없고, 뇌졸중 관련된 책들을 읽으며 "알아들을 수 없는 중얼거림"으로 자신을 드러낸다. 마크 페리노와의 만남, 지프트섬 사람들이 사물을 분류하는 방식, 『지프트섬 모험기』와 같은 책들에 관한 에피소드가 제시되는 것도 마찬가지다. 지프트섬이 어디냐는 이선의 물음에 마크 페리노는 고개를 갸웃거리며 "지도 밖의 어디쯤, 아니면 지구 밖의 어디쯤?"(171쪽)이라고 답한다. 이를 통해 언어와 존재의 경계를 명확히 확인할 수 있다.

그럼에도 이선은 밀라를 찾기 위해 기어이 낯선 곳에 다다른다. 수소문 끝에 어렵사리 밀라를 찾게 됐지만 그녀는 명상 센터에서 침묵명상 중이라 만날 수가 없다. 일주일 후 수행이 끝난 뒤 만날 것을 기약했지만 끝끝내 두 사람은 만나지 못한다. "밀라는 떠나고 없었다."(175쪽) 일주일 후에 만난다는 생각이 앞서 이선은 연락처를 남겨두지 않았고, 가족에게 불행한 일이 생겨 밀라는 급하게 파리로 떠나버렸다. 그러나 그녀는 포기하거나 하염없이 기다리는 대신, 그녀가 있는 곳─물난리가 난 파리 혹은 호주로 떠나기를 주저하지 않는다. 그녀의 무사함을 염원하면서 말이다.

어쩌면 무모해 보이기도 하는 이선의 이러한 시도는 부재하는 이형을 향한 것이기도 하다. 이선은 이형의 언어를 이해하지 못했다. 이형은 아무도 알 수 없는 세계에 끝내 유폐되어버렸다. 하지만 이제라도 그를 혼자 두지 않으려 한다. 그것은 실패했을지라도 또다시, 밀라를 찾아 나서는 행위로 드러난다. 이선은 꿈속에서야 비로소 "똑똑똑"(178쪽) 문을 두드리고 이형을 본다. "물방울의 언어"(179쪽)를 알아들을 수는 없지만 문을 두드리는 꿈에서 깨지 않는다. 물바다가 된 파리와도 포개지는 이 꿈은 끝내 닿을 수 없는 이언어의 형태로 나타나지만 결코 포기하지 않는 이선의 시도가 반영된 이야기로 읽어낼 수 있다. "이선은 어디에도 닿지 못한 채 계속 추락했다. 문을 두드리는 꿈은 좀체 깨지 않았다."(179쪽)

소설 「1그램의 재」는 천씨가 새소리를 흉내 내며 "영이의 언어"(31쪽)로 대화하려는 모습을 보고, 나는 여자의 이야기를 듣고 싶었다는 것으로 끝맺어진다. 「문밖에서」는 이형의 입에서 흘러나오는 말을 알아들을 수 없지만 이선은 "물방울의 언어"를 배우고 싶다고 생각한다. 새의 언어, 죽은 이형의 언어로 대화하는 것은 불가능하지만 그들의 언어로 소통을 꿈꾸는 존재들은 타자의 세계에 도달하기 위한 시도를 멈추지 않는 자들이다. 이들을 통해 강이나 소설가는 미지의 타자들과 대화하기를 중단하지 않는다. 그녀가 만들어나가는 여러 갈래의 이야기 길을 따라 걸으면서 독자들 또한 다채로운 주제들과 만나, 끊임없이 이야기할 수 있을 것이다. 작가가 그 길을 더욱 섬세하게 다듬어나가면서 소설적 지평을 넓혀가기를 응원하는 마음을 보낸다.

여기 실린 이야기들을 다시 천천히 읽으면서, 읽고 있는 지금의 나와 쓰고 있었던 그때의 내가 같은 사람일까, 생각해봅니다. 「1그램의 재」를 쓰고 있었던 그때의 나는 어떤 사람이었고, 「저 멀리」를 썼던 최근의 나는 또 어떤 사람인가, 생각해보면 너무나 다른 것 같은데, 또 전혀 달라진 게 없는 것 같습니다.

한동안 '변하지 않는 것'에 매달렸던 적이 있습니다.

시간이 지나고 상황이 변해도 유독 변하지 않는다면 그것만큼 대단한 게 없을 것 같았습니다. 그리고 그 대단한 것이 나의 마음이나 어떤 이의 마음이었으면 좋겠다는 희망을 품기도 했습니다. 그러니 아주 오래전 처음 소설을 쓰면서 고심했던 그때의 모습에서 하나도 변하지 않았다면 나는 큰 것을 성취한 것입니다. 하지만 이 말을 하면서도 마음 한 귀퉁이에 부끄러움이 스미는 것은 변하는 것이야말로 이루기 어려운 것임을 알기 때문이겠지요. 이처럼 나는 두 가지 마음이 공존하는 이야기를 쓰고 싶었나 봅니다.

나는 '공간'에 매달리기도 했습니다.

두 가지 마음이 공존하는 인물에 대한 이야기를 찾은 다음에는 그 인물이 머물렀을 공간으로 떠났습니다. 때로는 혼자 그곳을 찾았고 더러는 가까운 사람과 여행처럼 다녀왔고 언젠가는 그렇게 찾아간 곳에서 소설 속 인물을 빼닮은 사람을 만나기도 했습니다. 아마도 내가 소설을 쓰고 싶었던 이유가 여기 있지 않을까, 생각해봅니다. 누군가가 머무는 그곳이 내내 궁금하고 그리워서.

첫 소설집을 내기까지 아주 긴 시간이 걸렸습니다.

그 긴 시간 동안 모든 것이 변한 것 같은데, 하나도 변하지 않은 분들이 있습니다. 저에게 삶과 문장이 같다는 것을 온몸으로 가르쳐주신 분들입니다.

젊었던 부모님이 나이가 들어가는 동안, 무수히 많은 것들이 변했겠지만 어쩐지 두 분은 하나도 변하지 않은 것 같습니다. 땅에 씨를 뿌리고 거두는 일, 나무를 쌓아 올려 집을 짓는 일, 이 일들과 글을 쓰는 일이 다르지 않음을 평생 노동의 언어로 보여주신 두 분에게 깊은 감사의 마음을 담아봅니다.

그리고 제가 건네는 이야기에 귀 기울여주신 분들에게도 감사의 마음을 전하고 싶습니다. 제 이야기를 읽은 뒤 다시 저에게 어떤 이야기를 들려줄 그날을 기다리겠습니다. 기다리면서 내내 열심히 써나가겠습니다. 감사합니다.

2025년 초겨울

강이나 드림

수록 작품 발표 지면

1그램의 재 _2018년 무영신인문학상 당선작

빈집 _2020년 『국제신문』 신춘문예 당선작

가티 _2022년 현진건문학상 추천작 선정작

으레 _『동인지 동귀소설강독회 Vol.1』 2022년 12월

안양 _『무크지 쨉』 2024년 9호

문밖에서 _2024년 부산소설문학상 우수상 수상작

저 멀리 _『문학/사상』 2025년 11호